Balladen und Gedichte

Annette von Droste-Hülshof

Meister Gerhard von Köln

Ein Notturno

Wenn in den linden Vollmondnächten
Die Nebel lagern überm Rhein
Und graue Silberfäden flechten
Ein Florgewand dem Heil'genschein:
Es träumt die Waldung, duftumsäumt,
Es träumt die dunkle Flutenschlange,
Wie eine Robbe liegt am Hange
Der Schürg und träumt.

Tief zieht die Nacht den feuchten Odem,
Des Walles Gräser zucken matt,
Und ein zerhauchter Grabesbrodem
Liegt über der entschlafnen Stadt:
Sie hört das Schlummerlied der Well'n,
Das leise murmelnde Geschäume,
Und tiefer, tiefer sinkt in Träume
Das alte Köln.

Dort, wo die graue Kathedrale,
Ein riesenhafter Zeitentraum,
Entsteigt dem düstern Trümmermale
Der Macht, die auch zerrann wie Schaum –
Dort, in der Scheibe Purpurrund
Hat taumelnd sich der Strahl gegossen
Und sinkt und sinkt, in Traum zerflossen,
Bis auf den Grund.

Wie ist es schauerlich im weiten,
Versteinten, öden Palmenwald,
Wo die Gedanken niedergleiten
Wie Anakonden schwer und kalt
Und blutig sich der Schatten hebt
Am blut'gen Märtyrer der Scheibe,
Wie neben dem gebannten Leibe
Die Seele schwebt.

Der Ampel Schein verlosch, im Schiffe
Schläft halbgeschlossen Blum' und Kraut;
Wie nackt gespülte Uferriffe
Die Streben lehnen, tief ergraut;
Anschwellend zum Altare dort,
Dann aufwärts dehnend, lang gezogen,
Schlingen die Häupter sie zu Bogen
Und schlummern fort.

Und immer schwerer will es rinnen
Von Quader, Säulenknauf und Schaft,
Und in dem Strahle will's gewinnen
Ein dunstig Leben, geisterhaft:
Da, horch! Es dröhnt im Turme – ha!
Die Glocke summt – da leise säuselt.
Der Dunst, er zucket, wimmelt, kräuselt –
Nun steht es da! –

Ein Nebelmäntlein umgeschlagen,
Ein graues Käppchen, grau Gewand,
Am grauen Halse grauer Kragen,
Das Richtmaß in der Aschenhand.
Durch seine Glieder zitternd geht
Der Stahl wie in verhaltner Trauer,
Doch an dem Estrich, an der Mauer
Kein Schatten steh.

Es wiegt das Haupt nach allen Seiten,
Unhörbar schwebt es durch den Raum,
Nun sieh es um die Säulen gleiten,
Nun fährt es and er Orgel Saum;
Und aller Orten legt es an
Sein Richtmaß, webert auf und nieder,
Und leise zuckt das Spiel der Glieder
Wie Rauch im Tann.

War das der Nacht gewalt'ger Odem? –
Ein weit zerflossner Seufzerhall,
Ein Zitterlaut, ein Grabesbrodem
Durchquillt die öden Räume all:
Und an der Pforte, himmelan
Das Männlein ringt die Hand, die fahle,
Dann gleitet's aufwärts am Portale –
Es steht am Kran.

Und über die entschlafnen Wellen
Die Hand es mit dem Richtmaß streckt;
Ihr Schlangenleib beginnt zu schwellen,
Sie brodeln auf, wie halb geweckt,
Als drüber nun die Stimme dröhnt,
Ein dumpf, verhallend, fern Getose,
Wie träumend sich im Wolkenschoße
Der Donner dehnt.

„Ich habe diesen Bau gestellt,
Ich bin der Geist vergangner Jahre!
Weh! Dieses dumpfe Schlummerfeld
Ist schlimmer viel als Totenbahre!
O wann, wann steigt die Stunde auf,

Wo ich soll lang Begrabnes schauen?
Mein starker Storm, ihr meine Gauen,
Wann wacht ihr auf? –

„Ich bin der Wächter an dem Turm,
Mein Ruf sind Felsenhieroglyphen,
Mein Hornesstoß der Zeitensturm,
Allein sie schliefen, schliefen, schliefen!
Und schlafen fort, ich höre nicht
Den Meißel klingen am Gesteine,
Wo tausend Hände sind wie eine,
Ich hör' es nicht! –

„Und kann nicht ruhn, ich sehe dann
Zuvor den alten Kran sich regen,
Dass ich mein treues Richtmaß kann
In eine treue Rechte legen!
Wenn durch das Land ein Handschlag schallt,
Wie einer alle Pulse klopfen,
Ein Strom die Millionen Tropfen –"
Da silbern wallt

Im Osten auf des Morgens Fahne,
Und, ein zerflossner Nebelstreif,
Der Meister fährt empor am Krane. –
Mit Räderknarren und Gepfeif,
Ein rauschend Ungeheuer, schäumt
Das Dampfboot durch den Rhein, den blauen –
O deutsche Männer! Deutsche Frauen!
Hab' ich geträumt?

Die Vergeltung

I

Der Kapitän steht an der Spiere,
Das Fernrohr in gebräunter Hand,
Dem schwarz gelockten Passagiere
Hat er den Rücken zugewandt.
Nach einem Wolkenstreif in Sinne
Die beiden wie zwei Pfeiler sehn,
Der Fremde spricht: „Was braut da drinnen?" –
„Der Teufel", brummt der Kapitän.

Da hebt von morschen Balkens Trümmer
Ein Kranker seine feuchte Stirn,
Des Äthers Blau, der See Geflimmer,
Ach, alles quält sein fiebernd Hirn!
Er lässt die Blicke, schwer und düster,
Entlängs dem harten Pfühle gehen,
Die eingegrabnen Worte liest er:
„Batavia. Fünfhundert Zehn."

Die Wolke steigt, zur Mittagsstunde
Das Schiff ächzt auf der Wellen Höhn,
Gezisch, Geheul aus wüstem Grunde,
Die Bohlen weichen mit Gestöhn,
„Jesus, Marie! Wir sind verloren!"
Vom Mast geschleudert der Matros,
Ein dumpfer Krach in aller Ohren,
Und langsam löst der Bau sich los.

Noch liegt der Kranke am Verdecke,
Um seinen Balken fest geklemmt,
Da kömmt die Flut, und eine Strecke
Wird er ins wüste Meer geschwemmt.
Was nicht geläng' der Kräfte Sporne,
Das leistet ihm der starre Krampf,
Und wie ein Narwal mit dem Horne
Schießt fort er durch der Wellen Dampf.

Wie lange so? – Er weiß es nimmer,
Dann trifft ein Strahl des Auges Ball,
Und langsam schwimmt er mit der Trümmer
Auf ödem glitzerndem Kristall.
Das Schiff? – Die Mannschaft? – Sie versanken.
Doch nein, dort auf der Wasserbahn,
Dort sieht den Passagier er schwanken
In einer Kiste morschem Kahn.

Armsel'ge Lade! Sie wird sinken,
Er strengt die heisre Stimme an:
„Nur grade! Freund, du drückst zur Linken!"
Und immer näher schwankt's heran,
Und immer näher treibt die Trümmer,
Wie ein verwehtes Möwennest;
„Courage!", ruft der kranke Schwimmer;
„Mich dünkt, ich sehe Land im West!"

Nun rühren sich der Fähren Ende,
Er sieht des fremden Auges Blitz,
Da plötzlich fühlt er starke Hände,
Fühlt wütend sich gezerrt vom Sitz.
„Barmherzigkeit! Ich kann nicht kämpfen."
Er klammert dort, er klemmt sich hier;
Ein heisrer Schrei, den Wellen dämpfen,
Am Balken schwimmt der Passagier.

Dann hat er kräftig sich geschwungen
Und schaukelt durch das öde Blau,
Er sieht das Land wie Dämmerungen
Enttauchen und zergehn in Grau.
Noch lange ist er so geschwommen,
Umflattert von der Möwe Schrei,
Dann hat ein Schiff ihn aufgenommen,
Viktoria! Nun ist er frei!

II

Drei kurze Monde sind verronnen,
Und die Fregatte liegt am Strand,
Wo mittags sich die Robben sonnen;
Und Burschen klettern übern Rand,
Den Mädchen ist's ein Abenteuer,
Es zu erschaun vom fernen Riff,
Denn noch zerstört ist nicht geheuer
Das gräuliche Corsarenschiff.

Und vor der Stadt, da ist ein Waten,
Ein Wühlen durch das Kiesgeschrill,
Da die verrufenen Piraten
Ein jeder sterben sehen will.
Aus Strandgebälken, morsch, zertrümmert,
Hat man den Galgen, dicht am Meer,
In wüster Eile aufgezimmert.
Dort dräut er von der Düne her!

Welch ein Getümmel an den Schranken!
„Da kömmt der Frei – der Hessel jetzt –
Da bringen sie den schwarzen Franken,

Der hat geleugnet bis zuletzt." –
„Schiffbrüchig sei er hergeschwommen",
Höhnt eine Alte, „ei, wie kühn!"
Doch keiner sprach zu seinem Frommen,
Die ganze Bande gegen ihn.

Der Passagier am Galgen stehend,
Hohläugig, mit zerbrochnem Mut,
Zu jedem Räuber flüstert flehend:
„Was tat dir mein unschuldig Blut? –
Barmherzigkeit! So muss ich sterben
Durch des Gesindels Lügenwort,
O mög die Seele Euch verderben!"
Da zieht ihn schon der Scherge fort.

Er sieht die Menge wogend spalten –
Er hört das Summen im Gewühl –
Nun weiß er, dass des Himmels Walten
Nur seiner Pfaffen Gaukelspiel!
Und als er in des Hohnes Stolze
Will starren nach den Ätherhöhn,
Da liest er an des Galgens Holze:
„Batavia. Fünfhundert Zehn."

Heidebilder

Die Lerche

Hörst du der Nacht gespornten Wächter nicht?
Sein Schrei verzittert mit dem Dämmerlicht
Und schlummertrunken hebt aus Purpurdecken
Ihr Haupt die Sonne; in das Ätherbecken
Taucht sie die Stirn, man sieht es nicht genau,
Ob Licht sie zünde oder trink' im Blau.
Glührote Pfeile zucken auf und nieder
Und wecken Taues Blitze, wenn im Flug
Sie streifen durch der Heide braunen Zug.
Da schüttelt auch die Lerche ihr Gefieder,
Des Tages Herold seine Liverei;
Ihr Köpfchen streckt sie aus dem Ginster scheu,
Blinzt nun mit diesem, nun mit jenem Aug';
Dann leise schwankt, es spaltet sich der Strauch,
Und wirbelnd des Mandates erste Note,
Schießt in das feuchte Blau des Tages Bote.

„Auf! Auf! Die junge Fürstin ist erwacht!
Schlaftrunkne Kämmrer, habt des Amtes acht;
Du mit dem Saphirbecken, Genziane,
Zwergweide du mit deiner Seidenfahne,
Das Amt, das Amt, ihr Blumen allzumal,
Die Fürstin wacht, bald tritt sie in den Saal!"

Da regen tausend Wimpern sich zugleich,
Maßliebchen hält das klare Auge offen,
Die Wasserlilie sieht ein wenig bleich,
Erschrocken, dass im Bade sie betroffen;

Wie steht der Zitterhalm verschämt und zage!
Die kleine Weide pudert sich geschwind
Und reicht dem West ihr Seidentüchlein lind,
Dass zu der Hoheit Händen er es trage.
Ehrfürchtig beut den tauigen Pokal
Das Genzian, und nieder langt der Strahl;
Prinz von Geblüte, hat die erste Stätte
Er, immer dienend an der Fürstin Bette.
Der Purpur lischt gemach im Rosenlicht,
Am Horizont ein zuckend Leuchten bricht
Des Vorhangs Falten, und aufs Neue singt
Die Lerche, dass es durch den Äther klingt:

„Die Fürstin kömmt, die Fürstin steht am Tor!
Frischauf, ihr Musikanten in den Hallen,
Lasst euer zartes Saitenspiel erschallen,

Und florbeflügelt Volk, heb' an den Chor,
Die Fürstin kömmt, die Fürstin steht am Tor!"

Da krimmelt, wimmelt es im Heidgezweige,
Die Grille dreht geschwind das Beinchen um,
Streicht an des Taues Kolophonium
Und spielt so schäferlich die Liebesgeige.
Ein tüchtiger Hornist, der Käfer, schnurrt;
Die Mücke schleift behend die Silberschwingen,
Dass heller der Triangel möge klingen;
Diskant und auch Tenor die Fliege surrt;
Und, immer mehrend ihren werten Gurt,
Die reiche Katze um des Leibes Mitten,
Ist als Bassist die Biene eingeschritten:
Schwerfällig hockend in der Blüte, rummeln
Das Kontraviolon die trägen Hummeln, –
So tausendarmig ward noch nie gebaut
Des Münsters Halle, wie im Heidekraut
Gewölbe an Gewölben sich erschließen;
So tausendstimmig stieg noch nie ein Chor,
Wie's musiziert aus grünem Heid hervor.

Jetzt sitzt die Königin auf ihrem Throne,
Die Silberwolke Teppich ihrem Fuß,
Am Haupte flammt und quillt die Strahlenkrone,
Und lauter, lauter schallt des Herolds Gruß:
„Bergleute auf! Herauf aus eurem Schacht!
Bringt eure Schätze, und du, Fabrikant,
Breit' vor der Fürstin des Gewandes Pracht,
Kaufherrn, enthüllt den Saphir, den Demant!"

Schau, wie es wimmelt aus der Erde Schoß,
Wie sich die schwarzen Knappen drängen, streifen
und mühsam stemmend aus den Stollen schleifen
Gewalt'ge Stufen, wie der Träger groß;
Ameisenvolk, du machst es dir zu schwer!
Dein roh Gestein lockt keiner Fürstin Gnaden.
Doch sieh die Spinne, rutschend hin und her:
Schon zieht sie des Gewebes letzten Faden,
Wie Perlen klar, ein duftig Elfenkleid;
Viel edle Funken sind darin entglommen;
Da kommt der Wind und häkelt es vom Heid,
Es steigt, es flattert, und es ist verschwommen. –

Die Wolke dehnte sich, scharf strich der Hauch,
Die Lerche schwieg und sank zum Ginsterstrauch.

Die Jagd

Die Luft hat schlafen sich gelegt,
Behaglich in das Moos gestreckt;
Kein Rispeln, das die Kräuter regt,
Kein Seufzer, der die Halme weckt.
Nur eine Wolke träumt mit unter
Am blassen Horizont hinunter,
Dort, wo das Tannicht überm Wall
Die dunkeln Kandelaber streckt.
Da horch, ein Ruf, ein ferner Schall:
„Halloh! Hoho!" – Am Dichicht fort
Ein zögernd Echo – Alles still!
Man hört der Fliege Angstgeschrill
Im Mettennetz, den Fall der Beere,

Man hört im Kraut des Käfers Gang,
Und dann wie ziehnder Kranichheere
Kling! Klang! Von ihrer luft'gen Fähre,
Wie ferner Unkenruf: Kling! Klang!
Ein Läuten das Gewäld' entlang –
Hui schlüpft der Fuchs den Wall hinab,
Er gleitet durch die Binsenspeere
Und zuckelt fürder seinen Trab:
Und aus dem Dickicht, weiß wie Flocken,
Nach stäuben die lebend'gen Glocken,
Radschlagend an des Dammes Hang;
Wie Aale schnellen sie vom Grund,
Und weiter, weiter Fuchs und Hund. –

Der schwankende Wacholder flüstert,
Die Binse rauscht, die Heide knistert
Und stäubt Phalänen um die Meute.
Sie jappen, klaffen nach der Beute,
Schaumflocken sprühn aus Nas' und Mund.
Noch hat der Fuchs die rechte Weite,
Gelassen trabt er, schleppt den Schweif,
Zieht in dem Taue dunklen Streif
Und zeigt verächtlich seine Socken.
Doch bald hebt er die Lunte frisch,
Und, wie im Weiher schnell der Fisch,
Fort setzt er über Kraut und Schmehlen,
Wirft mit den Läufen Kies und Staub;
Die Meute mit geschwollnen Kehlen
Ihm nach wie rasselnd Winterlaub.

Man höret ihre Kiefer knacken,
Wenn fletschend in die Luft sie hacken;
In weitem Kreise so zum Tann

Und wieder aus dem Dickicht dann
Ertönt das Glockenspiel der Bracken.

Was bricht dort im Gestrüppe am Revier?
Im holprichten Galopp stampft es den Grund;
Ha, brüllend Herdenvieh! Voran der Stier,
Und ihnen nach klafft ein versprengter Hund.
Schwerfällig poltern sie das Feld entlang,
Das Horn gesenkt, waagrecht des Schweifes Strang,
Und taumeln noch ein paar Mal in die Runde,
Eh' Posto wird gefasst im Heidegrunde.
Nun endlich stehn sie, murren noch zurück,
Das Dichicht messend mit verglastem Blick,
Dann sinkt das Haupt, und unter ihrem Zahne
Ein leises Rupfen knirrt im Thymiane;
Unwillig schnauben sie den gelben Rauch,
Das Euter streifend am Wacholderstrauch,
Und peitschen mit dem Schweife in die Wolke
Von summendem Gewürm und Fliegenvolke.
So, langsam schüttelnd den gefüllten Bauch,
Fort grasen sie bis zu dem Heidekolke.

Ein Schuss: „Halloh!" – Ein zweiter Schuss: „Hoho!"
Die Herde stutzt, des Kolkes Spiegel kraust
Ihr Blasen, dann die Hälse streckend, so
Wie in des Dammes Mönch der Strudel saust,
Ziehn sie das Wasser in den Schlund, sie pusten,
Die kranke Stärke schaukelt träg herbei,
Sie schaudert, schüttelt sich in hohlem Husten,
Und dann – ein Schuss, und dann – ein Jubelschrei!

Das grüne Käppchen auf dem Ohr,
Den halben Mond am Lederband,
Trabt aus der Lichtung rasch hervor
Bis mitten in das Heideland
Ein Weidmann ohne Tasch' und Büchse;
Er schwenkt das Horn, er ballt die Hand,
Dann setzt er an, und tausend Füchse
Sind nicht so kräftig tot geblasen,
Als heut es schmettert übern Rasen:

„Der Schelm ist tot, der Schelm ist tot!
Lasst uns dem Schelm begraben!
Kriegen ihn die Hunde nicht,
Dann fressen ihn die Raben,
Hoho halloh!"
Da stürmt von allen Seiten es heran,
Die Bracken brechen aus Genist und Tann;
Durch das Gelände sieht in wüsten Reifen
Man johlend sie um den Hornisten schweifen.

Sie ziehen ihr Geheul so hohl und lang,
Dass es verdunkelt der Fanfare Klang,
Doch lauter, lauter schallt die Gloria,
Braust durch den Ginster die Victoria!

„Hängt den Schelm, hängt den Schelm!
Hängt ihn an die Weide!
Mir den Balg und dir den Talg,
Dann lachen wir alle beide;
Hängt ihn! Hängt ihn,
Den Schelm, den Schelm!" – –

Der Weiher

Er liegt so still im Morgenlicht,
So friedlich wie ein fromm Gewissen;
Wenn Weste seinen Spiegel küssen,
Des Ufers Blume fühlt es nicht;
Libellen zittern über ihn,
Blaugoldne Stäbchen und Karmin,
Und auf des Sonnenbildes Glanz
Die Wasserspinne führt den Tanz;
Schwertlilienkranz am Ufer steht
Und horcht des Schilfes Schlummerliede;
Ein lindes Säuseln kommt und geht,
Als flüstr' es: Friede! Friede! Friede!

Das Schilf spricht:
„Stille, er schläft! Stille, stille!
Libelle, reg' die Schwingen sacht,
Dass nicht das Goldgewebe schrille,
Und, Ufergrün, hab' gute Wacht,
Kein Kieselchen lass niederfallen.
Er schläft auf seinem Wolkenflaum,
Und über ihn lässt säuselnd wallen
Das Laubgewölb der alte Baum;
Hoch oben, wo die Sonne glüht,
Wieget der Vogel seine Flügel,
Und wie ein schlüpfend Fischlein zieht
Sein Schatten durch des Teiches Spiegel. –
Stille, stille! Er hat sich geregt,
Ein fallend Reis hat ihn bewegt,
Das grad zum Nest der Hänfling trug;
Su, Su! Breit', Ast, dein grünes Tuch –
Su, Su! Nun schläft er fest genug.“

Die Linde spricht:
„Ich breite über ihn mein Blätterdach,
So weit ich es vom Ufer strecken mag.
Schau her, wie langaus meine Arme reichen,
Ihm mit den Fächern das Gewürm zu scheuchen,
Das hundertfarbig zittert in der Luft.
Ich hauch ihm meines Odems besten Duft,
Und auf sein Lager lass ich niederfallen
Die lieblichste von meinen Blüten allen;
Und eine Bank lehnt sich an meinen Stamm,
Da schaut ein Dichter von dem Uferdamm,
Den hör' ich flüstern wunderliche Weise
Von mir und dir und der Libell so leise,
Dass er den frommen Schläfer nicht geweckt;
Sonst wahrlich hätt' die Raupe ihn erschreckt,
Die ich geschleudert aus dem Blätterhag.

Wie grell die Sonne blitzt; schwül wird der Tag.
O könnt' ich meine Wurzeln strecken
Recht mitten in das tief kristallne Becken,
Den Fäden gleich, die, grünlicher Asbest,
Schaun so behaglich aus dem Wassernest,
Wie mir zum Hohne, die im Sonnenbrande
Hier einsam niederlechzt vom Uferstrande."
„Neid' uns! Neid' uns! Lass die Zweige hangen,
Nicht weil flüssigen Kristall wir trinken,
Neben uns des Himmels Sterne blinken,
Sonne sich in unserm Netz gefangen –
Nein, des Teiches Blutsverwandte, fest
Hält er all uns an die Brust gepresst,
Und wir bohren unsre feinen Ranken
In das Herz ihm, wie ein liebend Weib,
Dringen Adern gleich durch seinen Leib,
Dämmern auf wie seines Traums Gedanken;
Wer uns kennt, der nennt uns lieb und treu,
Und die Schmerle birgt in unsrer Hut
Und die Karpfenmutter ihre Brut;
Welle mag in unserm Schleier kosen;
Uns nur traut die holde Wasserfey,
Sie, die schöne, lieblicher als Rosen.
Schleuß, Trifolium, die Glocken auf,
Kurz dein Tag, doch königlich dein Lauf!"

Kinder am Ufer sprechen:
„O sieh doch! Siehst du nicht die Blumenwolke?
Da drüben in dem tiefsten Weiherkolke?
O das ist schön! Hätt' ich nur einen Stecken,
Schmalzweiße Kelch' mit dunkelroten Flecken,
Und jede Glocke ist frisiert so fein
Wie unser wächsern Engelchen im Schrein.
Was meinst du, schneid' ich einen Haselstab
Und wat' ein wenig in die Furt hinab?
Pah! Frösch' und Hechte können mich nicht schrecken –
Allein, ob nicht vielleicht der Wassermann
Dort in den langen Kräutern hocken kann?
Ich geh', ich gehe schon – ich gehe nicht –
Mich dünkt, ich sah am Grunde ein Gesicht –
Komm, lass uns lieber heim, die Sonne sticht!"

Die Mergelgrube

Stoß deinen Scheit drei Spannen in den Sand,
Gesteine siehst du aus dem Schnitte ragen,
Blau, gelb, zinnoberrot, als ob zur Gant
Natur die Trödelbude aufgeschlagen.
Kein Pardelfell war je so bunt gefleckt,
Kein Rebhuhn, keine Wachtel so gescheckt,
Als das Gerölle, gleißend wie vom Schliff,
Sich aus der Scholle bröckelt bei dem Griff
Der Hand, dem Scharren mit des Fußes Spitze.

Wie zürnend sturt dich an der schwarze Gneis,
Spatkugeln kollern nieder, milchig weiß,
Und um den Glimmer fahren Silberblitze;
Gesprenkelte Porphyre, groß und klein,
Die Okerdruse und der Feuerstein –
Nur wenige hat dieser Grund gezeugt,
Der sah den Strand und der des Berges Kuppe;
Die zorn'ge Welle hat sie hergescheucht,
Leviathan mit seiner Riesenschuppe,
Als schäumend übern Sinai er fuhr,
Des Himmels Schleusen dreißig Tage offen,
Gebirge schmolzen ein wie Zuckerkand,
Als dann am Ararat die Arche stand
Und eine fremde, üppige Natur,
Ein neues Leben quoll aus neuen Stoffen. –
Findlinge nennt man sie, weil von der Brust,
Der mütterlichen, sie gerissen sind,
In fremde Wiege, schlummernd unbewusst,
Die fremde Hand sie legt wie's Findelkind.
O welch ein Waisenhaus ist diese Heide,
Die Mohren, Blassgesicht und rote Haut
Gleichförmig hüllet mit dem braunen Kleide!
Wie endlos ihre Zellenreihn gebaut!

Tief ins Gebröckel, in die Mergelgrube
War ich gestiegen, denn der Wind zog scharf;
Dort saß ich seitwärts in der Höhlenstube
Und horchte träumend auf der Luft Geharf.
Es waren Klänge, wie wenn Geisterhall
Melodisch schwinde im zerstörten all;
Und dann ein Zischen, wie von Moores Klaffen,
In sich zusammen brodelnd eingesunken,
Mir überm Haupt ein Rispeln und ein Schaffen,
Als scharre in der Asche man den Funken.
Findlinge zog ich Stück auf Stück hervor
Und lauschte, lauschte mit berauschtem Ohr.
Vor mir, um mich der graue Mergel nur,
Was drüber, sah ich nicht; doch die Natur

Schien mir verödet, und ein Bild entstand
Von einer Erde, mürbe, ausgebrannt;
Ich selber schien ein Funken mir, der doch
Erzittert in der toten Asche noch,
Ein Findling im zerfallnen Weltenbau.
Die Wolke teilte sich, der Wind ward lau;
Mein Haupt nicht wagt' ich aus dem Hohl zu strecken,
Um nicht zu schauen der Verödung Schrecken.
Wie Neues quoll und Altes sich zersetzte –
War ich der erste Mensch oder der letzte?
Ha, auf der Schieferplatte hier Medusen –
Noch schienen ihre Strahlen sie zu zücken,
Als sie geschleudert von des Meeres Busen
Und das Gebirge sank, sie zu zerdrücken.
Es ist gewiss, die alte Welt ist hin,
Ich Petrefakt, ein Mammutsknochen drin!
Und müde, müde sank ich an den Rand
Der staub'gen Gruft, da rieselte der Grand
Auf Haar und Kleider mir, ich ward so grau
Wie eine Leich' im Katakombenbau,
Und mir zu Füßen hört ich leises Knirren,
Ein Rütteln, ein Gebröckel und ein Schwirren.
Es war der Totenkäfer, der im Sarg
Soeben eine frische Leiche barg;
Ihr Fuß, ihr Flügelchen empor gestellt
Zeigt eine Wespe mir von dieser Welt.
Und anders ward mein Träumen nun gewandet,
Zu einer Mumie ward ich versandet,
Mein Linnen Staub, fahlgrau mein Angesicht,
Und auch der Scarabäus fehlte nicht.
Wie! Leichen über mir? – Soeben gar
Rollt mir ein Byssusknäuel in den Schoß;
Nein, das ist Wolle, ehrlich Lämmerhaar –
Und plötzlich ließen mich die Träume los.
Ich gähnte, dehnte mich, fuhr aus dem Hohl,
Am Himmel stand der rote Sonnenball,
Getrübt von Dunst, ein glüher Karneol,
Und Schafe weideten am Heidewall.

Dicht über mir sah ich den Hirten sitzen,
Er schlingt den Faden, und die Nadeln blitzen,
Wie er bedächtig seinen Socken strickt.
Zu mir hinunter hat er nicht geblickt.
„Ave Maria" hebt er an zu pfeifen,
So sacht und schläfrig, wie die Lüfte streifen.
Er schaut so seelengleich die Herde an,
Dass man nicht weiß, ob Schaf er oder Mann.
Ein Räuspern dann, und langsam aus der Kehle
Schiebt den Gesang er in das Garngestrehle:

„Es stehet ein Fischlein in einem tiefen See,
Danach tu ich wohl schauen, ob es kommt in die Höh;
Wandl' ich über Grunheide bis an den kühlen Rhein,
Alle meine Gedanken bei meinem Feinsliebchen sein.

Gleich wie der Mond ins Wasser schaut hinein,
Und gleich wie die Sonne im Wald gibt güldnen Schein,
Also sich verborgen bei mir die Liebe findt,
All meine Gedanken, sie sind bei dir, mein Kind.

Wer da hat gesagt, ich wollte wandern fort,
Der hat sein Feinsliebchen an einem andern Ort;
Trau nicht den falschen Zungen, was sie dir blasen ein,
Alle meine Gedanken, sie sind bei dir allein."

Ich war hinauf geklommen, stand am Bord,
Dicht vor dem Schäfer, reichte ihm den Knäuel;
Er steckt' ihn an den Hut und strickte fort,
Sein weißer Kittel zuckte wie ein Weihel.
Im Moose lag ein Buch; ich hob es auf –
„Bertuchs Naturgeschichte! Lest ihr das?"
Da zog ein Lächeln seine Lippen auf:
„Der lügt mal, Herr! Doch das ist just der Spaß!
Von Schlangen, Bären, die in Stein verwandelt,
Als, wie Genesis sagt, die Schleusen offen;
Wär's nicht zur Kurzweil, wär' es schlecht gehandelt:
Man weiß ja doch, dass alles Vieh versoffen."
Ich reichte ihm die Silberplatte: „Schau,
Das war ein Tier." Da zwinkert er die Brau
Und hat mir lange pfiffig nachgelacht –
Dass ich verrückt sei, hätt' er nicht gedacht!

Die Krähen

Heiß, heiß der Sonnenbrand
Drückt vom Zenit herunter,
Weit, weit der gelbe Sand
Zieht sein Gestäube drunter;
Nur wie ein grüner Strich
Am Horizont die Föhren;
Mich dünkt, man müsst' es hören,
Wenn nur ein Kanker schlich.

Der blasse Äther siecht,
Ein Ruhen rings, ein Schweigen,
Dem matt das Ohr erliegt;
Nur an der Düne steigen
Zwei Fichten, dürr, ergraut –
Wie trauernde am Grabe –
Wo einsam sich ein Rabe
Die rupp'gen Federn kraut.

Da zieht's im Westen schwer
Wie eine Wetterwolke,
Kreist um die Föhren her
Und fällt am Heidekolke;
Und wieder steigt es dann,
Es flattert, und es ächzet,
Und immer näher krächzet
Das Galgenvolk heran.

Recht, wo der Sand sich dämmt,
Da lagert es am Hügel;
Es badet sich und schwemmt,
Stäubt Asche durch die Flügel,
Bis jede Feder grau;
Dann rasten sie im Bade
Und horchen der Suade
Der alten Krähenfrau,

Die sich im Sande reckt,
Das Bein lang ausgeschossen,
Ihr eines Aug' gefleckt,
Das andre ist geschlossen;
Zweihundert Jahr und mehr
Gehetzt mit allen Hunden,
Schnarrt sie nun ihre Kunden
Dem jungen Volke her:

„Ja, ritterlich und kühn all sein Gebar!
Wenn er so herstolzierte vor der Schar
Und ließ sein bäumend Ross so drehn und schwenken,

Da musst ich immer an Sankt Görgen denken,
Den Wettermann, der – als am Schlot ich saß,
Ließ mir die Sonne auf den Rücken brennen –
Vom Wind getrillt mich schlug so hart, dass bald
Ich es dem alten Raben möchte gönnen,
Der dort von seiner Hopfenstange schaut,
Als sei ein Baum er und wir andern Kraut! –

Kühn war der Halberstadt, das ist gewiss!
Wenn er die Braue zog, die Lippe biss,
Dann standen seine Landsknecht' auf den Füßen
Wie Speere, solche Blicke konnt er schießen.
Einst brach sein Schwert; er riss die Kuppel los,
Stieß mit der Scheide einen Mann vom Pferde.
Ich war nur immer froh, dass flügellos,
Ganz sonder Witz der Mensch geboren werde:
Denn nie hab' ich gesehn, dass aus der Schlacht
Er eine Leber nur bei Seit' gebracht.

An einem Sommertag – heut' sind es grad
Zweihundertfünfzehn Jahr', es lief die Schnat
Am Damme drüben damals bei den Föhren –
Da konnte man ein frisch Trompeten hören,
Ein Schwerterklirren und ein Feldgeschrei,
Radschlagen sah man Reiter von den Rossen,
Und die Kanone fuhr ihr Hirn zu Brei;
Entlang die Gleise ist das Blut geflossen,
Granat' und Wachtel liefen kunterbunt
Wie junge Kiebitze am sand'gen Grund.

Ich saß auf einem Galgen, wo das Bruch
Man überschauen konnte recht mit Fug;
Dort an der Schnat hat Halberstadt gestanden,
Mit seinem Sehrohr streifend durch die Banden,
Hat seinen Stab geschwungen so und so;
Und wie er schwenkte, zogen die Soldaten –
Da plötzlich aus den Mörsern fuhr die Loh',
Es knallte, dass ich bin zu Fall geraten,
Und als kopfüber ich vom Galgen schoss,
Da pfiff der Halberstadt davon zu Ross.

Mir stieg der Rauch in Ohr und Kehl', ich schwang
Mich auf, und nach der Qualm in Strömen drang;
Entlang die Heide fuhr ich mit Gekrächze.
Am Grunde, welche Geschrei, Geschnaub', Geächze!
Die Rosse wälzten sich und zappelten,
Todwunde zuckten auf, Landsknecht' und Reiter
Knirschten den Sand, da näher trappelten
Schwadronen, manche krochen winselnd weiter,

Und mancher hat noch einen Stich versucht,
Als über ihn der Bayer weggeflucht.

Noch lange haben sie getobt, geknallt,
Ich hatte mich geflüchtet in den Wald;
Doch als die Sonne färbt' der Föhren Spalten,
Ha, welch ein köstlich Mahl ward da gehalten!
Kein Geier schmaust, kein Weihe je so reich!
In achtzehn Schwärmen fuhren wir herunter,
Das gab ein Hacken, Picken, Leich' auf Leich' –
Allein der Halberstadt war nicht darunter:
Nicht kam er heut' noch sonst mir zu Gesicht,
Wer ihn gefressen hat, ich weiß es nicht."

Sie zuckt die Klaue, kraut den Schopf
Und streckt behaglich sich im Bade;
Da streckt ein grauer Herr den Kopf,
Weit älter als die Scheh'razade.
„Ha", krächzt er, „das war wüste Zeit –
Da gab's nicht Frauen wie vor Jahren,
Als Ritter mit dem Kreuz gefahren
Und man die Münster hat geweiht!"
Er hustet, speit ein wenig Sand und Ton,
Dann hebt er an, ein grauer Seladon:

„Und wenn er kühn, so war sie schön,
Die heil'ge Frau im Ordenskleide!
Ihr mocht' der Weihel süßer stehn
Als andern Güldenstück und Seide.
Kaum war sie holder an dem Tag,
Da ihr jungfräulich Haar man fällte,
Als ich ans Kirchenfenster schnellte
Und schier Tobias Hündlein brach.
Da stand die alte Gräfin, stand
Der alte Graf, geduldig harrend,
Er aufs Barettlein in der Hand,
Sie fest aufs Paternoster starrend;
Ehrbar, wie bronzen sein Gesicht –
Und aus der Mutter Wimpern glitten
Zwei Tränen auf der Schaube Mitten,
Doch ihre Lippe zuckte nicht.

Und sie in ihrem Sammetkleid,
Von Perlen und Juwel' umfunkelt,
Bleich war sie, aber nicht von Leid,
Ihr Blick – doch nicht von Gram – umdunkelt.
So mild hat sie das Haupt gebeugt,
Als wollt' auf den Altar sie legen
Des Haares königlichen Segen,
Vom Antlitz ging ein süß Geleucht.

Doch als nun, wie am Blutgerüst,
Ein Mann die Seidenstränge packte,
Da fasste mich ein wild Gelüst,
Ich schlug die Scheiben, dass es knackte,
Und flattert fort, als ob der Stahl
Nach meinem Nacken wollte zücken –
Ja wahrlich, über Kopf und Rücken
Fühlt' ich den ganzen Tag mich kahl!

Und später sah ich manche Stund
Sie betend durch den Kreuzgang schreiten,
Ihr süßes Auge übern Grund
Entlang die Totenlager gleiten;
Ins Quadrum flog ich dann hinab,
Spazierte auf dem Leichensteine,
Sang oder suchte auch zum Scheine
Nach einem Regenwurm am Grab.

Wie sie gestorben, weiß ich nicht;
Die Fenster hatte man verhangen,
Ich sah am Vorhang nur das Licht
Und hörte, wie die Schwestern sangen;
Auch hat man keinen Stein geschafft
Ins Quadrum, doch ich hörte sagen,
Dass manchem Kranken Heil getragen
Der sel'gen Frauen Wunderkraft.

Ein Loch gibt es am Kirchenend',
Da kann man ins Gewölbe schauen,
Wo matt die ew'ge Lampe brennt,
Steinsärge ragen, fein gehauen;
Da steck' ich oft im Dämmergrau
Den Kopf durchs Gitter, klage, klage
Die Schlafende im Sarkophage,
So hold wie keine Krähenfrau!"

Er schließt die Augen, stößt ein lang „krahah!"
Gestreckt die Zunge und den Schnabel offen;
Matt, flügelhängend, ein zerstrümmert Hoffen,
Ein Bild gebrochnen Herzens sitzt er da.

Da schnarrt es über ihm: „Ihr Narren all!"
Und nieder von der Fichte plumpt der Rabe:
„Ist einer hier, der hörte von Walhall,
Von Teut und Thor und von dem Hünengrabe?
Saht ihr den Opferstein" – da mit Gekrächz
Hebt sich die Schar und klatscht entlang den Hügel.
Der Rabe blinzt, er stößt ein kurz Geächz.
Die Federn sträubend wie ein zorn'ger Igel;

Dann duckt er nieder, kraut das kahle Ohr,
Noch immer schnarrend fort von Teut und Thor.

Das Hirtenfeuer

Dunkel, dunkel im Moor,
Über der Heide – Nacht,
Nur das rieselnde Rohr
Neben der Mühle wacht,
Und an des Rades Speichen
Schwellende Tropfen schleichen.

Unke kauert im Sumpf,
Igel im Grase duckt,
In dem modernden Stumpf
Schlafend die Kröte zuckt,
Und am sandigen Hange
Rollt sich fester die Schlange.

Was glimmt dort hinterm Ginster
Und bildet lichte Scheiben?
Nun wirft es Funkenflinster,
Die löschend niederstäuben;
Nun wieder alles dunkel –
Ich hör' des Stahles Picken,
Ein Knistern, ein Gefunkel –
Und auf die Flammen zücken.

Und Hirtenbuben hocken
Im Kreis umher, sie strecken
Die Hände, Torfes Brocken
Seh' ich die Lohe lecken;
Da bricht ein starker Knabe
Aus des Gestrüppes Windel
Und schleifet nach im Trabe
Ein wüst Wacholderbündel.

Er lässt's am Feuer kippen –
Hei, wie die Buben johlen
Und mit den Fingern schnippen
Die Funken Girandolen!
Wie ihre Zipfelmützen
Am Ohre lustig flattern,
Und wie die Nadeln spritzen,
Und wie die Äste knattern!
Die Flamme sinkt, sie hocken
Aufs neu umher im Kreise,
Und wieder fliegen Brocken,
Und wieder schwelt es leise;
Glührote Lichter streichen
An Haarbusch und Gesichte,
Und schier Dämonen gleichen
Die kleinen Heidewichte.

Der da, der unbeschuhte,
Was streckt er in das Dunkel
Den Arm wie eine Rute? –
Im Kreise welch Gemunkel?
Sie spähn wie junge Geier
Von ihrer Ginsterschütte:
Ha, noch ein Hirtenfeuer,
Recht an des Dammes Mitte!

Man sieht es eben steigen
Und seine Schimmer breiten,
Den wirren Funkenreigen
Über'n Wacholder gleiten;
Die Buben flüstern leise,
Sie räuspern ihre Kehlen,
Und alte Heideweisen
Verzittern durch die Schmehlen.

„Helo, heloe!
Heloe, loe!
Komm du auf unsre Heide,
Wo ich meine Schäflein weide,
Komm, o komm in unser Bruch,
Da gibt's der Blümelein genug! –
Helo, heloe!"

Die Knaben schweigen, lauschen nach dem Tann,
Und leise durch den Ginster zieht's heran:
„Helo, heloe!
Ich sitze auf dem Walle,
Meine Schäflein schlafen alle,
Komm, o komm in unsern Kamp,
Da wächst das Gras wie Brahm so lang! –
Helo, heloe!
Heloe, loe!"

Der Heidemann

„Geht, Kinder, nicht zu weit ins Bruch!
Die Sonne sinkt, schon surrt den Flug
Die Biene matter, schlafgehemmt,
Am Grunde schwimmt ein blasses Tuch,
Der Heidemann kömmt!" –

Die Knaben spielen fort am Raine,
Sie rupfen Gräser, schnellen Steine,
Sie plätschern in des Steines Rinne,
Erhaschen die Phalän' am Ried
Und freu'n sich, wenn die Wasserspinne
Langbeinig in die Binse flieht.

„Ihr Kinder, legt euch nicht ins Gras!
Seht, wo noch grad die Biene saß,
Wie weißer Rauch die Glocken füllt.
Scheu aus dem Busche glotzt der Has,
Der Heidemann schwillt!" –

Kaum hebt ihr schweres Haupt die Schmehle
Noch aus dem Dunst, in seine Höhle
Schiebt sich der Käfer, und am Halme
Die träge Motte höher kreucht,
Sich flüchtend vor dem feuchten Qualme,
Der unter ihre Flügel steigt.

„Ihr Kinder, haltet euch bei Haus!
Lauft ja nicht in das Bruch hinaus;
Seht, wie bereits der Dorn ergraut,
Die Drossel ächzt zum Nest hinaus,
Der Heidemann braut!" –

Man sieht des Hirten Pfeife glimmen
Und vor ihm her die Herde schwimmen,
Wie Proteus seine Robbenscharen
Heimschwemmt im grauen Ozean.
Am Dach die Schwalben zwitschernd fahren,
Und melancholisch kräht der Hahn.

„Ihr Kinder, bleibt am Hofe dicht!
Seht, wie die feuchte Nebelschicht
Schon an des Pförtchens Klinke reicht;
Am Grunde schwimmt ein falsches Licht,
Der Heidemann steigt!" –

Nun strecken nur der Föhren Wipfel
Noch aus dem Dunste grüne Gipfel
Wie übern Schnee Wacholderbüsche;

Ein leises Brodeln quillt im Moor,
Ein schwaches Schrillen, ein Gezische
Dringt aus er Niederung hervor.

„Ihr Kinder, kommt, kommt schnell herein!
Das Irrlicht zündet seinen Schein,
Die Kröte schwillt, die Schlang' im Ried;
Jetzt ist's unheimlich, draußen sein,
Der Heidemann zieht!" –

Nun sinkt die letzte Nadel, rauchend
Zergeht die Fichte, langsam tauchend
Steigt Nebelschemen aus dem Moore,
Mit Hünenschritten gleitet's fort;
Ein irres Leuchten zuckt im Rohre,
Der Krötenchor beginnt am Bord.

Und plötzlich scheint ein schwaches Glühen
Des Hünen Glieder zu durchziehen;
Es siedet auf, es färbt die Wellen
Der Nord, der Nord entzündet sich –
Glutpfeile, Feuerspeere schnellen,
Der Horizont ein Lavastrich!

„Gott gnad' uns, wie es zuckt und dräut,
Wie's schwelet an der Dünenscheid'!
Ihr Kinder, faltet eure Händ',
Das bringt uns Pest und teure Zeit –
Der Heidemann brennt!" –

Der Knabe im Moor

O, schaurig ist's, übers Moor zu gehen,
Wenn es wimmelt vom Heiderauche,
Sich wie Phantome die Dünste drehn
Und die Ranke häkelt am Strauche,
Unter jedem Tritte ein Quellchen springt,
Wenn aus der Spalte es zischt und singt –
O, schaurig ist', übers Moor zu gehen,
Wenn das Röhricht knistert im Hauche!

Fest hält die Fibel das zitternde Kind
Und rennt, als ob man es jage;
Hohl über die Fläche sauset der Wind –
Was raschelt drüben am Hage?
Das ist der gespenstige Gräberknecht,
Der dem Meister die besten Torfe verzecht;
Hu, hu, es bricht wie ein irres Rind!
Hinducket das Knäblein zage.

Vom Ufer starret Gestumpf hervor,
Unheimlich nicket die Föhre,
Der Knabe rennt, gespannt das Ohr,
Durch Riesenhalme wie Speere;
Und wie es rieselt und knittert darin!
Das ist die unselige Spinnerin,
Das ist die gebannte Spinnlenor',
Die den Haspel dreht im Geröhre!
Voran, voran! Nur immer im Lauf,
Voran, als woll' es ihn holen;
Vor seinem Fuße brodelt es auf,
Es pfeift ihm unter den Sohlen
Wie eine gespenstige Melodei;
Das ist der Geigenmann ungetreu,
Das ist der diebische Fiedler Knauf,
Der den Hochzeitheller gestohlen!

Da birst das Moor, ein Seufzer geht
Hervor aus der klaffenden Höhle;
Weh, weh, da ruft die verdammte Margreth:
„Ho, ho, meine arme Seele!"
Der Knabe springt wie ein wundes Reh,
Wär' nicht Schutzengel in seiner Näh',
Seine bleichen Knöchelchen fände spät
Ein Gräber im Moorgeschwele.

Da mählich gründet der Boden sich,
Und drüben, neben der Weide,
Die Lampe flimmert so heimatlich,
Der Knabe steht an der Scheide.

Tief atmet er auf, zum Moor zurück
Noch immer wirft er den scheuen Blick:
Ja, im Geröhre war's fürchterlich,
O, schaurig war's in der Heide!

Fels, Wald und See

Die Schenke am See

Ist's nicht ein heitrer Ort, mein junger Freund,
Das kleine Haus, das schier vom Hange gleitet,
Wo so possierlich uns der Wirt erscheint,
So übermächtig sich die Landschaft breitet;
Wo uns ergötzt im neckischen Kontrast
Das Wurzelmännchenmit verschmitzter Miene,
Das wie ein Aal sich schlingt und kugelt fast,
Im Angesicht der stolzen Alpenbühne?

Sitz nieder! – Trauben! – Und behänd erscheint
Zopfwedelnd der geschäftige Pygmäe;
O sieh, wie die verletzte Beere weint
Blutige Tränen um des Reifes Nähe;
Frisch greif in die kristallne Schale, frisch,
Die saftigen Rubine glühn und locken;
Schon fühl' ich an des Herbstes reichem Tisch
Den kargen Winter nahn auf leisen Socken.

Das sind dir Hieroglyphen, junges Blut,
Und ich, ich will an deiner lieben Seite
Froh schlürfen meiner Neige letztes Gut.
Schau' her, schau' drüben in die Näh' und Weite:
Wie uns zur Seite sich der Felsen bäumt,
Als könnten wir mit Händen ihn ergreifen, –
Wie uns zu Füßen das Gewässer schäumt,
Als könnten wir im Schwunge drüber streifen!

Hörst du das Alphorn überm blauen See?
So klar die Luft, mich dünkt, ich seh' den Hirten
Heimzügeln von der duftbesäumten Höh' –
War's nicht, als ob die Rinderglocken schwirrten?
Dort, wo die Schlucht in das Gestein sich drängt –
Mich dünkt, ich seh' den kecken Jäger schleichen;
Wenn ein Gämse an der Klippe hängt,
Gewiss, mein Auge müsste sie erreichen.

Trink aus! Die Alpen liegen stundenweit,
Nur nah' die Burg – uns heimisches Gemäuer,
Wo Träume lagern langverschollner Zeit,
Seltsame Mär und zorn'ge Abenteuer.
Wohl ziemt es mir, in Räumen, schwer und grau,
Zu grübeln über dunkler Taten Reste;
Doch du, Levin, schaust aus dem grimmen Bau
Wie eine Schwalbe aus dem Mauerneste. –

Sieh drunten auf dem See im Abendrot
Die Taucherente hin und wieder schlüpfend;
Nun sinkt sie nieder wie des Netzes Lot,
Nun wieder auwärts mit den Wellen hüpfend;
Seltsames Spiel, recht wie ein Lebenslauf!
Wir beide schaun gespannten Blickes nieder;
Du flüsterst lächelnd: Immer Kömmt sie auf –
Und ich, ich denke: Immer sinkt sie wieder!

Noch einen Blick dem segensreichen Land,
Den Hügeln, Auen, üpp'gen Wellenrauschen,
Und heimwärts dann, wo von der Zinne Rand
Freundliche Augen unserm Pfade lauschen!
Brich auf! – Da haspelt in behändem Lauf
Das Wirtlein, Abschied wedelnd, uns entgegen:
„– Geruh'ge Nacht – stehn's nit zu zeitig auf! –"
Das ist der lust'gen Schwaben Abendsegen.

Am Turme

Ich steh' auf hohem Balkone am Turm,
Umstrichen vom schreienden Stare,
Und lass' gleich einer Mänade den Sturm
Mir wühlen im flatternden Haare;
O wilder Geselle, o toller Fant,
Ich möcht' dich kräftig umschlingen
Und, Sehne an Sehne, zwei Schritte vom Rand
Auf Tod und Leben dann ringen!

Und drunten seh' ich am Strand, so frisch
Wie spielende Doggen, die Wellen
Sich tummeln rings mit Geklaff und Gezisch
Und glänzende Flocken schnellen.
O springen möcht' ich hinein alsbald,
Recht in die tobende Meute,
Und jagen durch den korallenen Wald
Das Walross, die lustige Beute!

Und drüben seh' ich ein Wimpel wehn
So kecke wie eine Standarte,
Seh' auf und nieder den Kiel sich drehn
Von meiner lustigen Warte;
O, sitzen möcht' ich im kämpfenden Schiff,
Das Steuerruder ergreifen
Und zwischend über das brandende Riff
Wie eine Seemöwe streifen.

Wär' ich ein Jäger auf freier Flur,
Ein Stück nur von einem Soldaten,
Wär' ich ein Mann doch mindestens nur,
So würde der Himmel mir raten;
Nun muss ich sitzen so fein und klar,
Gleich einem artigen Kinde,
Und darf nur heimlich lösen mein Haar
Und lassen es flattern im Winde!

Im Moose

Als jüngst die Nacht dem sonnenmüden Land
Der Dämmrung leise Boten hat gesandt,
Da lag ich einsam noch in Waldes Moose.
Die dunklen Zweige nickten so vertraut,
An meiner Wange flüsterte das Kraut,
Unsichtbar duftete die Heiderose.

Und flimmern sah ich durch der Linde Raum
Ein mattes Licht, das im Gezweig der Baum
Gleich einem mächt'gen Glühwurm schien zu tragen.
Es sah so dämmernd wie ein Traumgesicht,
Doch wusste ich, es war der Heimat Licht,
In meiner eignen Kammer angeschlagen.

Ringsum so still, dass ich vernahm im Laub
Der Raupe Nagen, und wie grüner Staub
Mich leise wirbelnd Blätterflöckchen trafen.
Ich lag und achte, ach! So manchem nach,
Ich hörte meines eignen Herzens Schlag,
Fast war es mir, als sei ich schon entschlafen.

Gedanken tauchten aus Gedanken auf,
Das Kinderspiel, der frischen Jahre Lauf,
Gesichter, die mir lange fremd geworden;
Vergessne Töne summten um mein Ohr,
Und endlich trat die Gegenwart hervor,
Da stand die Weile, wie an Ufers Borden.

Dann, gleich dem Bronnen, der verrinnt im Schlund
Und drüben wieder sprudelt aus dem Grund,
So stand ich plötzlich in der Zukunft Lande
Ich sah mich selber, gar gebückt und klein,
Geschwächten Auges, am ererbten Schrein
Sorgfältig ordnen staub'ge Liebespfande.

Die Bilder meiner Lieben sah ich klar
In einer Tracht, die jetzt veraltet war,
Mich sorgsam lösen aus verblichnen Hüllen,
Löckchen, vermorscht, zu Staub zerfallen schier,
Sah über die gefurchte Wange mir
Langsam herab die karge Träne quillen.

Und wieder an des Friedhofs Monument,
Dran Namen standen, die mein Lieben kennt,
Da lag ich betend, mit gebrochnen Knien,
Und – horch, die Wachtel schlug! Kühl strich der Hauch –
Und noch zuletzt sah ich, gleich einem Rauch,
Mich leise in der Erde Poren ziehen.

Ich fuhr empor und schüttelte mich dann
Wie einer, der dem Scheintod erst entrann,
Und taumelte entlang die dunklen Hage,
Noch immer zweifelnd, ob der Stern am Rain
Sei wirklich meiner Schlummerlampe Schein,
Oder das ew'ge Licht am Sarkophage.

Am Bodensee

Über Gelände, matt gedehnt,
Hat Nebelhauch sich wimmelnd gelegt,
Müde, müde die Luft am Strande stöhnt
Wie ein Ross, das den schlafenden Reiter trägt;
Im Fischerhause kein Lämpchen brennt,
Im öden Turme kein Heimchen schrillt,
Nur langsam rollend der Pulsschlag schwillt
In dem zitternden Element.

Ich hör es wühlen am feuchten Strand,
Mir unterm Fuße es wühlen fort,
Die Kiesel knistern, es rauscht der Sand,
Und Stein an Stein entbröckelt dem Bord.
An meiner Sohle zerfährt der Schaum,
Eine Stimme klaget im hohlen Grund,
Gedämpft, mit halbgeschlossenem Mund,
Wie des grollenden Wetters Traum.

Ich beuge mich lauschend am Turme her,
Sprühregenflitter fährt in die Höh',
Ha, meine Locke ist feucht und schwer! –
Was treibst du denn, unruhiger See?
Kann dir der heilige Schlaf nicht nahn?
Doch nein, du schläfst, ich seh' es genau,
Dein Auge decket die Wimper grau,
Am Ufer schlummert der Kahn.

Hast du so vieles, so vieles erlebt,
Dass dir im Traum es kehren muss,
Dass dein gleißender Nerv erbebt,
Naht ihm am Strand eines Menschen Fuß? –
Dahin, dahin, die einst so gesund,
So reich und mächtig, so arm und klein,
Und nur ihr flüchtiger Spiegelschein
Liegt zerflossen auf deinem Grund!

Der Ritter, so aus der Burg hervor
Vom Hange trabte in aller Früh
– Jetzt nickt die Esche vom grauen Tor,
Am Zwinger zeichnet die Mylady. –
Das arme Mütterlein, das gebleicht
Sein Leichenhemde den Strand entlang;
Der Kranke, der seinen letzten Gang
An deinem Borde gekeucht;

Das spielende Kind, das neckend hier
Sein Schneckenhäuschen geschleudert hat;
Die glühende Braut, die lächelnd dir

Von der Ringelblume gab Blatt um Blatt;
Der Sänger, der mit trunkenem Aug'
Das Metrum geplätschert in deiner Flut,
Der Pilger, so am Gesteine geruht:
Sie alle dahin wie Rauch!

Bist du so fromm, alte Wasserfey,
Hältst nur umschlungen, lässt nimmer los?
Hat sich aus dem Gebirge die Treu
Geflüchtet in deinen heiligen Schoß?
O, schau mich an! Ich zergeh' wie Schaum;
Wenn aus dem Grabe die Distel quillt,
Dann zuckt mein längst zerfallnes Bild
Wohl einmal durch deinen Traum!

Das alte Schloss

Auf der Burg haus' ich am Berge,
Unter mir der blaue See,
Höre nächtlich Koboldzwerge,
Täglich Adler aus der Höh';
Und die grauen Ahnenbilder
Sind mir Stubenkameraden,
Wappentruh' und Eisenschilder
Sofa mir und Kleiderladen.

Schreit' ich über die Terrasse
Wie ein Geist am Runenstein,
Sehe unter mir die blasse
Alte Stadt im Mondenschein,
Und am Walde pfeift es weidlich,
– Sind es Käuze oder Knaben?
Ist mir selber oft nicht deutlich,
Ob ich lebend, ob begraben!

Mir genüber gähnt die Halle,
Grauen Tores, hohl und lang,
Drin mit wunderlichem Schalle
Langsam dröhnt ein schwerer Gang.
Mir zur Seite Riegelzüge,
Ha, ich öffne, lass die Lampe
Scheinen auf der Wendelstiege
Lose modergrüne Rampe,

Die mich lockt wie ein Verhängnis
Zu dem unbekannten Grund;
Ob ein Brunnen? Ob Gefängnis?
Keinem Lebenden ist's kund.
Denn zerfallen sind die Stufen,
Und der Steinwurf hat nicht Bahn;
Doch als ich hinab gerufen,
Donnerts fort wie ein Orkan.

Ja, wird mir nicht baldigst fade
Dieses Schlosses Romantik,
In den Trümmern ohne Gnade
Brech' ich Glieder und Genick;
Denn, wie trotzig sich die Düne
Mag am flachen Strande heben,
Fühl' ich stark mich wie ein Hüne
Von Zerfallendem umgeben.

Vermischtes

Junge Liebe

Über dem Brünnlein nicket der Zweig,
Waldvögel zwitschern und flöten,
Wild Anemon' und Schlehdorn bleich
Im Abendstrahle sich röten,
Und ein Mädchen mit blondem Haar
Beugt über der glitzernden Welle,
Schlankes Mädchen, kaum fünfzehn Jahr,
Mit dem Auge der scheuen Gazelle.

Ringelblumen blättert sie ab:
„Liebt er, liebt er mich nimmer?"
Und wenn „liebt" das Orakel gab,
Um ihr Antlitz gleitet ein Schlimmer;
„Liebt er nicht" – o Grimm und Graus!
Dass der Himmel den Blüten gnade!
Gras und Blumen, den ganzen Strauß
Wirft sie zürnend in die Kaskade.

Gleitet dann in die Kräuter lind,
Ihr Auge wird ernst und sinnend;
Frommer Eltern heftiges Kind,
Nur Minne nehmend und minnend,
Kannte sie nie ein anderes Band
Als des Blutes, die schüchterne Hinde;
Und nun einer, der nicht verwandt –
Ist das nicht eine schwere Sünde?

Mutlos seufzet sie niederwärts
In argem Schämen und Grämen,
Will zuletzt ihr verstocktes Herz
Recht ernstlich in Frage nehmen.
Abenteuer sinnet sie aus:
Wenn das Haus nun stände in Flammen
Und um Hilfe riefen heraus
Der Karl und die Mutter zusammen?

Plötzlich ein Perlenregen dicht
Stürzt ihr glänzend aus beiden Augen,
In die Kräuter gedrückt ihr Gesicht,
Wie das Blut der Erde zu fangen,
Ruft sie schluchzend: „Ja, ja, ja!" –
Ihre kleinen Hände sich ringen,
„Retten, retten würd' ich Mama
Und zum Karl in die Flamme springen!"

Kinderspiel

Wie sind meine Finger so grün,
Blumen hab' ich zerrissen;
Sie wollten für mich blühn,
Und haben sterben müssen.
Sie neigten sich in mein Angesicht
Wie fromme, schüchterne Lider,
Ich war in Gedanken, ich achtet's nicht
Und bog sie zu mir nieder,
Zerriss die lieben Glieder
In sorgenlosem Mut.
Da floss ihr grünes Blut
Um meine Finger nieder;
Sie klagten nicht, sie weinten nicht,
Sie starben ohne Laut,
Nur dunkel ward ihr Angesicht,
Wie wenn der Himmel graut.
Sie konnten's mir nicht ersparen,
Sonst hätten sie es getan;
Wo bin ich hingefahren
Zu trübem Sinneswahn?
O töricht Kinderspiel,
O schuldlos Blutvergießen!
Gleicht's auch dem Leben viel,
Lasst mich die Augen schließen,
Denn was geschehn ist, ist geschehn,
Und wer kann für die Zukunft stehn?

Die Bank

Im Parke weiß ich eine Bank,
Die schattenreichste nicht von allen,
Nur Erlen lassen dünn und schlank
Darüber karge Streifen fallen;
Da sitz' ich manchen Sommertag
Und lass mich rösten von der Sonnen,
Rings keiner Quelle Plätschern wach,
Doch mir im Herzen springt der Bronnen.

Dies ist der Fleck, wo man den Weg
Nach allen Seiten kann bestreichen,
Das staub'ge Gleis, den grünen Steg
Und dort die Lichtung in den Eichen:
Ach manche, manche liebe Spur
Ist unterm Rade aufgeflogen!
Was mich erfreut, bekümmert, nur
Von drüben kam es hergezogen.

Du frommer Greis im schlichten Kleid,
Getreuer Freund seit zwanzig Jahren,
Dem keine Wege schlimm und weit,
Galt es den heil'gen Dienst zu wahren:
Wie oft sah ich den schweren Schlag
Dich drehn mit ungeschickten Händen,
Und langsam steigend nach und nach
Dein Käppchen an des Dammes Wänden.

Und du in meines Herzens Grund,
Mein lieber schlanker blonder Junge,
Mit deiner Büchs und braunem Hund,
Du klares Aug' und muntre Zunge,
Wie oft hört ich dein Pfeifen nah,
Wenn zu der Dogge du gesprochen,
Mein lieber Bruder warst du ja,
Wie sollte mir das Herz nicht pochen?

Und manches, was die Zeit verweht,
Und manches, was sie ließ erkalten,
Wie Banquos Königsreihe geht
Und trabt es aus des Waldes Spalten.
Und was mir noch geblieben und
Was neu erblüht im Lebensgarten,
Der werten Freunde heitrer Bund,
Von drüben muss ich ihn erwarten.

So sitz' ich Stunden wie gebannt,
Im Gestern halb und halb im Heute,
Mein gutes Fernrohr in der Hand,

Und lass es streifen durch die Weite.
Am Damme steht ein wilder Strauch,
O, schmählich hat mich der betrogen!
Rührt ihn der Wind, so mein' ich auch,
Was Liebes komme hergezogen!

Mit jedem Schritt weiß er zu gehen,
Sich anzuformen alle Züge;
So mag er denn am Hange stehn,
Ein wert Phantom, geliebte Lüge;
Ich aber hoffe für und für,
Sofern ich mich des Lebens freue,
Zu rösten an der Sonne hier,
Geduld'ger Märtyrer der Treue.

Spiegelung

An Levin Schücking

O frage nicht, was mich so tief bewegt,
Seh' ich dein junges Blut so freudig wallen,
Warum, an deine klare Stirn gelegt,
Mir schwere Tropfen aus den Wimpern fallen.

Mir träumte einst, ich sei ein albern Kind,
Sich emsig mühend an des Tisches Borden;
Wie übermächtig die Vokabeln sind,
Die wieder Hieroglyphen mir geworden!

Und als ich dann erwacht, da weint' ich heiß,
Dass mir so klar und nüchtern jetzt zu Mute,
Dass ich so schrankenlos und überweis',
So ohne Furcht vor Schelten und vor Rute.

So, wenn ich schaue in dein Antlitz mild,
Wo tausend frische Lebenskeime walten,
Da ist es mir, als ob Natur mein Bild
Mir aus dem Zauberspiegel vorgehalten;

Und all mein Hoffen, meiner Seele Brand,
Und meiner Liebessonne dämmernd Scheinen,
Was noch entschwinden wird und was entschwand,
Das muss ich alles dann in dir beweinen.

Brennende Liebe

Und willst du wissen, warum
So sinnend ich manche Zeit,
Mitunter so töricht und dumm,
So unverzeihlich zerstreut;
Willst wissen auch ohne Gnade,
Was denn so Liebes enthält
Die heimlich verschlossene Lade,
An die ich mich öfters gestellt?

Wie der Strahl im Gewässer sich bricht,
Zwei Augen hab ich gesehn,
Und wo zwei Augen nur stehn,
Da denke ich an ihr Licht.
Ja, als du neulich entwandtest
Die Blume vom blühenden Rain
Und „Oculus Christi" sie nanntest,
Da fielen die Augen mir ein.

Auch gibt's einer Stimme Ton,
Tief, zitternd, wie Hornes Hall,
Die tut's mir völlig zum Hohn,
Sie folget mir überall.
Als jüngst im flimmernden Saale
Mich quälte der Geigen Gegell,
Da hört ich mit einem Male
Die Stimme im Violoncell.

Auch weiß ich eine Gestalt,
So leicht und kräftig zugleich,
Die schreitet vor mir im Wald
Und gleitet über den Teich;
Ja, als ich eben in Sinnen
Sah über des Mondes Aug'
Einen Wolkenstreifen zerrinnen,
Da war ihre Form wie ein Rauch.

Und höre, höre zuletzt,
Dort liegt, da drinnen im Schrein,
Ein Tuch mit Blute genetzt,
Das legte ich heimlich hinein.
Er ritzte sich nur an der Schneide,
Als Beeren vom Strauch er mir hieb,
Nun hab ich sie alle beide,
Sein Blut und meine brennende Lieb'.

An Levin Schücking

Kein Wort, und wär es scharf wie Stahles Klinge
Soll trennen, was in tausend Fäden Eins,
So mächtig kein Gedanke, dass er dringe
Vergällend in den Becher reinen Weins;
Das Leben ist so kurz, das Glück so selten,
So großes Kleinod, einmal sein statt gelten!

Hat das Geschick uns, wie in frevlem Witze,
Auf feindlich starre Pole gleich erhöht,
So wisse, dort, dort auf der Scheidung Spitze
Herrscht, König über alle, der Magnet,
Nicht frägt er, ob ihn Fels und Storm gefährde,
Ein Strahl fährt mitten er durchs Herz der Erde.

Blick in mein Auge – ist es nicht das deine,
Ist nicht mein Zürnen selber deinem gleich?
Du lächelst – und das Lächeln ist das meine,
An gleicher Lust und gleichem Sinnen reich;
Worüber alle Lippen freundlich scherzen,
Wir fühlen heil'ger es im eignen Herzen.

Pollux und Kastor – wechselnd Glühn und Bleichen,
Des einen Licht geraubt dem andern nur,
Und doch der allerfrömmsten Treue Zeichen. –
So reiche mir die Hand, mein Dioskur!
Und mag erneuern sich die holde Mythe,
Wo überm Helm die Zwillingsflamme glühte.

An Denselben

Zum zweiten Male will ein Wort
Sich zwischen unsre Herzen drängen,
Den felsbewachten Erzeshort
Will eines Knaben Mine sprengen.
Sieh mir in's Auge, wende nicht
Das deine nach des Fensters Borden,
Ist denn so fremd dir mein Gesicht,
Denn meine Sprache dir geworden?

Sieh freundlich mir in's Auge, schuf
Natur es gleich im Eigensinne
Nach harter Form, muss ihrem Ruf
Antworten ich mit scharfer Stimme,
Der Vogel singt, wie sie gebeut,
Libelle zieht die farb'gen Ringe,
Und keine Seele hat bis heut
Sie noch gezürnt zum Schmetterlinge.

Still ließ an meiner Jahre Rand
Die Parze ihre Spindel schlüpfen,
Zu strecken meint' ich nur die Hand,
Um alte Fäden anzuknüpfen,
Dann fand den deinen ich so reich,
Fand ihn so viel bewegt verschlungen,
Darf es dich wundern, wenn nicht gleich
So Ungewohntes mir gelungen?

Dass manches schroff in mir und steil,
Wer könnte, ach, wie ich es wissen!
Es ward zu meiner Seele Heil
Mein zweites zarteres Gewissen,
Es hat den Übermut gedämpft,
Der mich Giganten gleich bezwungen,
Hat glühend, wie die Reue kämpft,
Mit dem Dämone oft gerungen.

Doch du, das tief versenkte Blut
In meinem Herzen, durftest denken,
So wolle ich mein eignes Gut,
So meine eigne Krone kränken?
O sorglos floss mein Wort und bunt
Im Glauben, dass es dich ergötze,
Dass nicht geschaffen dieser Mund
Zu einem Hauch, der dich verletze.

Du zweifelst an der Sympathie
Zu einem Wesen dir zu eigen?
So sag' ich nur, du konntest nie

Zum Gletscher ernster Treue steigen,
Sonst wüsstest du, dass auf den Höh'n
Das schnöde Unkraut schrumpft zusammen,
Und dass wir dort den Phönix seh'n,
Wo unsre liebsten Zedern flammen.

Sieh her, nicht eine Hand dir nur,
Ich reiche beide dir entgegen,
Zum Leiter auf verlorne Spur,
Zum Liebespenden und zum Segen,
Nur ehre ihn, der angefacht
Das Lebenslicht an meiner Wiege,
Nimm mich, wie Gott mich hat gemacht,
Und leih' mir keine fremden Züge!

Meine Sträuße

So oft mir ward eine liebe Stund'
Unterm blauen Himmel im Freien,
Da habe ich, zu des Gedenkens Bund,
Mir Zeichen geflochten mit Treuen:
Einen schlichten Kranz, einen wilden Strauß,
Ließ drüber die Seele wallen;
Nun stehe ich einsam im stillen Haus
Und sehe die Blätter zerfallen.

Vergissmeinnicht mit dem Rosaband –
Das waren dämmrige Tage,
Als euch entwandte der Freundin Hand
Dem Weiher drüben am Hage;
Wir schwärmten in wirrer Gefühle Flut,
In sechzehnjährigen Schmerzen;
Nun schlägt sie lange – sie war doch gut,
Ich liebte sie recht von Herzen!

Gar weite Wege hast du gemacht,
Kamelia, staubige Schöne,
In deinem Kelche die Flöte wacht,
Trompeten und Zimbelgetöne;
Wie zitterten durch das grüne Revier
Buntfarbige Lampen und Schleier!
Da brach der zierliche Gärtner mir
Den Strauß beim bengalischen Feuer.

Dies Alpenröschen nährte mit Schnee
Ein eisgrau starrender Riese;
Und diese Tange entfisch ich der See
Aus Muschelgescherbe und Kiese;
Es war ein volles gesegnetes Jahr,
Die Trauben hingen gleich Pfunden,
Als auch der Rebe flatterndem haar
Ich diesen Kranz mir gewunden.

Und ihr, meine Sträuße von wildem Heid',
Mit lockerem Halme geschlungen,
O süße Sonne, o Einsamkeit,
Die uns redet mit heimischen Zungen!
Ich hab' sie gepflückt an Tagen so lind,
Wenn die goldenen Käferchen spielen,
Dann fühlte ich mich meines Landes Kind,
Und die fremden Schalcken zerfielen.

Und wenn ich grüble an meinem Teich,
Im duftigen Moose gestrecket,
Wenn aus dem Spiegel mein Antlitz bleich

Mit rieselndem Schaue rmich necket,
Dann lang ich sachte, sachte hinab
Und fische die träufelnden Schmehlen;
Dort hängen sie, drüben am Fensterstab,
Wie arme vertrocknete Seelen.

So mochte ich still und heimlich mir
Eine Zauberhalle bereiten,
Wenn es dämmert dort und drüben, und hier
Von den Wänden seh' ich es gleiten;
Eine Fey entschleicht der Kamelia sich,
Liebesseufzer stöhnet die Rose,
Und wie Blutes Adern umschlingen mich
Meine Wasserfäden und Moose.

Die Taxuswand

Ich stehe gern vor dir,
Du Fläche schwarz und rau,
Du schartiges Visier
Vor meines Liebsten Brau';
Gern mag ich vor dir stehen,
Wie vor grundiertem Tuch,
Und drübergleiten sehen
Den bleichen Krönungszug;

Als mein die Krone hier,
Von Händen, die nun kalt;
Als man gesungen mir
In Weisen, die nun alt –
Vorhang am Heiligtume,
Mein Paradiesestor,
Dahinter alles Blume
Und alles Dorn davor.

Denn jenseits weiß ich sie,
Die grüne Gartenbank,
Wo ich das Leben früh
Mit glühen Lippen trank,
Als mich mein Haar umwallte
Noch golden wie ein Strahl,
Als noch mein Ruf erschallte,
Ein Hornstoß, durch das Tal.

Das zarte Efeureis,
So Liebe pflegte dort,
Sechs Schritte – und ich weiß,
Ich weiß dann, dass es fort.
So will ich immer schleichen
Nur an dein dunkles Tuch
Und achtzehn Jahre streichen
Aus meinem Lebensbuch.

Du starrtest damals schon
So düster treu wie heut,
Du, unsrer Liebe Thron
Und Wächter manche Zeit;
Man sagt, dass Schlaf, ein schlimmer,
Dir aus den Nadeln raucht –
Ach, wacher war ich nimmer,
Als rings von dir umhaucht!

Nun aber bin ich matt
Und möcht' an deinem Saum
Vergleiten wie ein Blatt,

Geweht vom nächsten Baum;
Du lockst mich wie ein Hafen,
Wo alle Stürme stumm,
O, schlafen möcht' ich, schlafen,
Bis meine Zeit herum!

Der kranke Aar

Am dürren Baum, im fetten Wiesengras
Ein Stier behaglich wiederkäut' den Fraß;
Auf niederm Ast ein wunder Adler saß,
Ein kranker Adler mit gebrochnen Schwingen.

„Steig auf, mein Vogel, in blaue Luft,
Ich schau' dir nach aus meinem Kräuterduft." –
„Weh, weh, umsonst die Sonne ruft
Den kranken Adler mit gebrochnen Schwingen!" –

„O Vogel, warst so stolz und freventlich
Und wolltest keine Fessel ewiglich!" –
„Weh, weh, zu viele über mich,
Und Adler all – sie brachen mir die Schwingen!" –

„So flattre in dein Nest, vom Aste fort,
Dein Ächzen schier die Kräuter mir verdorrt." –
„Weh, weh, kein Nest hab' ich hinfort,
Verbannter Adler mit gebrochnen Schwingen!" –

„O Vogel, wärst du eine Henne doch,
Dein Nestchen hättest du im Ofenloch." –
„Weh, weh, viel lieber Adler noch,
viel lieber Adler mit gebrochnen Schwingen!"

Das Spiegelbild

Schaust du mich an aus dem Kristall
Mit deiner Augen Nebelball,
Kometen gleich, die im Verbleichen;
Mit Zügen, worin wunderlich
Zwei Seelen wie Spione sich
Umschleichen, ja, dann flüstre ich:
Phantom, du bist nicht meinesgleichen!

Bist nur entschlüpft der Träume Hut,
Zu eisen mir das warme Blut,
Die dunkle Wolke mir zu blassen;
Und dennoch, dämmerndes Gesicht,
Drin seltsam spielt ein Doppellicht,
Trätest du vor, ich weiß es nicht,
Würd' ich dich lieben oder hassen?!

Zu deiner Stirne Herrscherthron,
Wo die Gedanken leisten Fron
Wie Knechte, würd' ich schüchtern blicken;
Doch von des Auges kaltem Glast
Voll toten Lichts, gebrochen fast,
Gespenstig, würd', ein scheuer Gast,
Weit, weit ich meinen Schemel rücken.

Und was den Mund umspielt so lind,
So weich und hilflos wie ein Kind,
Das möcht' in treue Hut ich bergen;
Und wieder, wenn er höhnend spielt,
Wie von gespanntem Bogen zielt,
Wenn leis es durch die Züge wühlt,
Dann möcht' ich fliehen wie vor Schergen.

Es ist gewiss, du bist nicht ich,
Ein fremdes Dasein, dem ich mich
Wie Moses nahe, unbeschuhet,
Voll Kräfte, die mir nicht bewusst,
Voll fremden Leides, fremder Lust;
Gnade mir Gott, wenn in der Brust
Mir schlummernd deine Seele ruhet!

Und dennoch fühl' ich, wie verwandt,
Zu deinen Schauern mich gebannt,
Und Liebe muss der Furcht sich einen.
Ja, trätest aus Kristalles Rund,
Phantom, du lebend auf den Grund,
Nur leise zittern würd' ich, und
Mich dünkt – ich würde um dich weinen!

Abschied von der Jugend

Wie der zitternde Verbannte
Steht an seiner Heimat Grenzen,
Rückwärts er das Antlitz wendet,
Rückwärts seine Augen glänzen,
Winde, die hinüber streichen,
Vögel in der Luft beneidet,
Schaudernd vor der kleinen Scholle,
Die das Land vom Lande scheidet;

Wie die Gräber seiner Toten,
Seine Lebenden, die süßen,
Alle stehn am Horizonte,
Und er muss sie weinend grüßen;
Alle kleinen Liebesschätze,
Unerkannt und unempfunden,
Alle ihn wie Sünden brennen
Und wie ewig offne Wunden;

So an seiner Jugend Scheide
Steht ein herz voll stolzer Träume,
Blickt in ihre Paradiese
Und der Zukunft öde Räume;
Seine Neigungen – verkümmert,
Seine Hoffnungen – begraben,
Alle stehn am Horizonte,
Wollen ihr Träne haben.

Und die Jahre, die sich langsam,
Tückisch reihten aus Minuten,
Alle brechen auf im Herzen,
Alle nun wie Wunden bluten;
Mit der armen, kargen Habe,
Aus so reichem Schacht erbeutet,
Mutlos, ein gebrochner Wandrer,
In das fremde Land er schreitet.

Und doch ist des Sommers Garbe
Nicht geringer als die Blüten,
Und nur in der feuchten Scholle
Kann der frische Keim sich hüten;
Über Fels und öde Flächen
Muss der Strom, dass er sich breite,
Und es segnet Gottes Rechte
Übermorgen so wie heute.

Scherz und Ernst

Dichters Naturgefühl

Es war an einem jener Tage,
Wo Lenz und Winter sind im Streit,
Wo nass das Veilchen klebt am Hage,
Kurz, um die erste Maienzeit;
Ich suchte keuchend mir den Weg
Durch sumpf'ge Wiesen, dürre Raine,
Wo matt die Kröte hockt' am Steine,
Die Eidechs schlüpfte übern Steg.

Durch hundert kleine Wassertruhen,
Die wie verkühlter Spülicht stehn,
Zu stelzen mit den Gummischuhen?
Bei Gott, heißt das spazierengehn?
Natur, wer auf dem Haberrohr
In Jamben, Stanzen, süßen Phrasen
So manches Loblied dir geblasen,
Dem stell' dich auch manierlich vor!

Da ließ zurück den Schleier wehen
Die eitle, viel besungne Frau,
Als fürchte sie des Dichters Schmähen;
Im Sonnenlichte stand die Au,
Und bei dem ersten linden Strahl
Stieg eine Lerche aus den Schollen
Und ließ ihr Tirilirum rollen
Recht wacker durch den Äthersaal.

Die Quellchen, glitzernd wie kristallen, –
Die Zweige, glänzend emailliert –
Das kann dem Kenner schon gefallen,
Ich nickte lächelnd: „Es passiert!"
Und stapfte fort in eine Schluft,
Es war ein still und sonnig Fleckchen,
Wo tausend Anemonenglöckchen
Umgaukelten des Veilchens Duft.

Das üpp'ge Moos – der Lerchen Lieder –
Der Blumen Flor – des Krautes Keim –
Auf meinem Mantel saß ich nieder
Und sann auf einen Frühlingsreim.
Da – alle Musen, welch ein Ton!
Da kam den Rain entlang gesungen
So eine Art von dummem Jungen,
Der Friedrich, meines Schreibers Sohn.

Den Efeukranz im flächsnen Haare,
In seiner Hand den Veilchenstrauß,
So trug er seine achtzehn Jahre
Romantisch in den Lenz hinaus.
Nun schlüpft er durch des Hagens Loch,
Nun hing er an den Dornenzwecken
Wie Abrams Widder in den Hecken,
Und in den Dornen pfiff er noch.

Bald hat er beugend, gleitend, springend,
Den Blumenanger abgegrast
Und rief nun, seine Mähnen schwingend:
„Viktoria, Trompeten blast!"
Dann flüstert er mit süßem Hall:
„O! Wären es die schwed'schen Hörner!"
Und dann begann ein Lied von Körner;
Fürwahr, du bist 'ne Nachtigall!

Ich sah ihn, wie er an dem Walle
Im feuchten Moose niedersaß
Und nun die Veilchen, Glöckchen alle
Mit sel'gem Blick zu Sträußen las,
Auf seiner Stirn den Sonnenstrahl;
Mich fasst' ein heimlich Unbehagen,
Warum? Ich weiß es nicht zu sagen,
Der fade Bursch war mir fatal.

Noch war ich von dem blinden Hessen
Auf meinem Mantel nicht gesehn,
Und so begann ich zu ermessen,
Wie übel ihm von Gott geschehn;
O Himmel, welch ein traurig Los,
Das Schicksal eines dummen Jungen,
Der zum Kopisten sich geschwungen
Und auf den Schreiber steuert los!

Der in den kargen Feierstunden
Romane von der Zofe borgt,
Beklagt des Löwenritters Wunden
Und seufzend um den Posa sorgt,
Der seine Zelle, kalt und klein,
Schmückt mit Aladins Zaubergabe
Und an dem Quell, wie Schillers Knabe,
Violen schlingt in Kränzelein!

In dessen wirbelndem Gehirne
Das Leben spukt gleich einer Fey,
Der – hastig fuhr ich an die Stirne:
„Wie, eine Mücke schon im Mai?"
Und trabte zu der Schlucht hinaus,

Hohl hustend, mit beklemmter Lunge,
Und dringen blieb der dumme Junge
Und pfiff zu seinem Veilchenstrauß!

Die Nadel im Baume

Vor Zeiten, ich war schon groß genug,
Hatt' die Kinderschuhe vertreten,
Nicht alt war ich, doch eben im Zug,
Zu Sankt Andreas zu beten,
Da bin ich gewandelt Tag für Tag
Das Feld entlang mit der Kathi;
Ob etwas Liebes im Wege lag?
Tempi passati – passati!

Und in dem Heideland stand ein Baum,
Eine schlanke, schmächtige Erle,
Da saßen wir oft in wachendem Traum
Und horchten dem Schlage der Merle;
Die hatte ihr struppiges Nest gebaut
Grad in der schwankenden Krone,
Und hat so keck hernieder geschaut
Wie ein Gräflein vom winzigen Throne.

Wir kosten so viel und gingen so lang,
Dass drüber der Sommer verflossen;
Dann hieß es: „Scheiden, o weh wie bang!"
Viel Tränen wurden vergossen;
Die Hände hielten wir stumm gepresst,
Da zog ich aus flatternder Binde
Eine blanke Nadel und drückte fest
Sie, fest in die saftige Rinde.

Und drunter merkte ich Tag und Stund',
Dann sind wir fürder gezogen,
So kläglich schluchzend aus Herzensgrund,
Dass schreiend die Merle entflogen;
O, junge Seelen sind Königen gleich,
Sie können ein Peru vergeuden,
Im braunen Heid, unterm grünen Zweig,
Ein Peru an Lieben und Leiden.

Die Jahre verglitten mit schleichendem Gang,
Verrannen gleich duftiger Wolke,
Und wieder zog ich das Feld entlang
Mit jungem, lustigem Volke;
Die schleuderten Stäbe und schrieen „Halloh!"
Die sprudelten Witze wie Schlossen,
Mir ward's im Herzen gar keck und froh,
Mutwillig wie unter Genossen.

Da plötzlich rauscht' es im dichten Gezweig,
„Eine Merle", riefs, „eine Merle!"
Ich fuhr empor – ward ich etwa bleich?

Ich stand an der alternden Erle;
Und rückwärts zog mir's den Schleier vom Haar,
Ach Gott, ich erglühte wie Flamme,
Als ich sah, dass die alte Nadel es war,
Meine rostige Nadel im Stamme!

Drauf hab' ich genommen ganz still in Schau
Die Inschrift, zu eigenem Frommen,
Und fühlte dann plötzlich, es steige der Tau
Und werde mir schwerlich bekommen.
Ich will nicht klagen, mir blieb ein Hort,
Den rosten nicht Wetter und Wogen,
Allein für immer, für immer ist fort
Der Schleier vom Auge gezogen!

Die Schmiede

Wie kann der alte Apfelbaum
So lockre Früchte tragen,
Wo Mistelbüsch' und Mooses Flaum
Aus jeder Ritze ragen?

Halb tot, halb lebend, wie ein Prinz
In einem Ammenmärchen,
Die eine Seite voll Gespinns,
Wurmfraß und Flockenhärchen,

Langt mit der andern, üppig rot,
Er in die Funkenreigen,
Die knattern aus der Schmiede Schlot
Wie Sternraketen steigen;

Ein zweiter Scävola hält Jahr
Auf Jahr er seine Rechte
Der Glut entgegen, die kein Haar
Zu Sengen sich erfrechte.

Und drunten geht es Pink und Pank,
Man hörte die Flamme pfeifen,
Es keucht der Balg aus hohler Flank!
Und bildet Aschenstreifen;

Die Kohle knallt, und drüber dicht,
Mit Augen wie Pyropen,
Beugt sich das grimmige Gesicht
Des rußigen Cyklopen.

Er hält das Eisen in die Glut
Wie eine arme Seele,
Es knackt und spritzet Funkenblut
Und dunstet blaue Schwele.

Dann auf dem Ambos, Schlag an Schlag,
Lässt es sein Weh erklingen,
Bis nun gekrümmt in Zorn und Schmach
Es kreucht zu Hufes Ringen.

Das Eselein

Auf einem Wiesengrund ging einmal
Ein muntres Rösslein weiden,
Ein Schimmelchen war's, doch etwas fahl;
Sein Äußeres nenn' ich bescheiden,
Das schlechtste und auch das Beste nicht,
Wir wollen nicht darüber zanken;
Doch hatt' es ein klares Augenlicht
Und starke, geschmeidige Flanken.

In selbem Grunde schritt oft und viel
Ein edler Jüngling spazieren,
Hinter jedem Ohre ein Federkiel,
Das tät ihn wunderbar zieren!
Am Rücken ein Gänseflügelpaar,
Die täten rauschen und wedeln,
Und wisst, seine göttliche Gabe war,
Die schlechte Natur zu veredeln.

Den Tropfen, der seiner Stirne entrann,
Den soll wie Perle man fassen,
Ach, ohne ihn hätte die Sonne man
So simpelhin scheinen lassen;
Und ohne ihn wäre der Wiesengrund
Ein nüchterner Anger geblieben,
Ein Quellchen blank, ein Hügelchen rund
Und eine Hand voll Maßlieben!

Er aber fing im Spiegel den Strahl
Und ließ ihn zucken wie Flammen,
Die ruppigen Gräser strich er zumal
Und flocht sie sauber zusammen;
An Steinen schleppt er sich krank und matt
Für ein Ruinchen am Hügel,
Dem Hasen kämmt er die Wolle glatt
Und frisiert den Mücken die Flügel.

So hat er mit saurem Schweiß und Müh
Das ganze Gemeine verbessert,
Und klareres Wasser fand man nie,
Als wo er schaufelt und wässert;
Und wie's nun aller Edlen Manier,
Sich mild und nobel zu zeigen,
So, sei's Gestein, Mensch oder Tier,
Er gab ihm von seinem Eigen.

Einst saß er mit seinem Werkgerät,
Mit Schere, Pinsel und Flasche,
In der eine schwärzliche Lymphe steht,

Mit Spiegel, Feder und Tasche;
Er saß und lauschte, wie in der Näh
Mein Schimmelchen galoppieret;
auf dem Finger pfiff er: „Bst, Pferdchen, he!"
Und wacker kam es trottieret.

Dann sprach der Edle: „Du wärst schon gut,
'ne passable Rozinante,
Nähm ich dich ernstlich in meine Hut,
Dass ich den Koller dir bannte;
Ein leiser Traber – ein schmuckes Tier –
Ein unermüdeter Wandrer!
Kurz, wenig wüsst ich zu rügen an dir,
Wärst du nur völlig ein andrer.

Drum sei verständig, trab heran
Und lass mich ruhig gewähren,
Und soll's dich kneipen, nicht zuck mir dann,
Du weißt, oft zwicken die Scheren."
Mein Schimmelchen stutzt, es setzt seitab,
Ein paar Mal rennt es in Kreisen,
Dann sachte trabt es den Anger hinab,
Dann stand es still vor dem Weisen.

Der sprach: „Dein Ohr – ein armer Stumpf!
Armselig bist du geboren!
Kommandowort und der Siegestriumph,
Das geht dir alles verloren."
Drauf rüstig setzt' er die Zangen an
Und zerrt' und dehnte an beiden;
Mein Schimmelchen ächzt und dachte dann:
„O weh, Hoffart muss leiden!"

„Auch deine Farbe – erbärmlich schlecht!
Nicht blank und dennoch zu lichte,
Nicht für die romantische Dämmrung recht
Und nicht für die klare Geschichte."
Drauf emsig langt er den Pinsel her
Und mischte Schwarz zu den Weißen;
Mein Schimmelchen zuckt, es juckt ihn sehr,
Doch dacht es: „Wie werd' ich gleißen!"

„Und gar dein Schweif – unseliges Vieh!
Der flattert und schlenkert wie Segel,
Ich wette, du meinst dich ein Kraftgenie,
Und scheinst doch andern ein Flegel."
Drauf mit der Schere, Gang an Gang,
Beginnt er hurtig zu zwicken,
Hinauf, hinunter die Wurzel entlang,
Von der Kuppe bis an den Rücken.

Dann spricht er freudig: „Mein schmuckes Tier,
Mein Zelter, edel wie keiner!"
Und eilends langt er den Spiegel herfür:
„Nun sieh und freue dich deiner!
Nun bist ein Paraderösslein, bass
Wie eines von Münster bis Wesel."
Der Schimmel blinzt und schaut ins Glas –
O Himmel, da war er ein Esel!

Letzte Gaben

Carpe Diem!

Pflücke die Stunde, wär' sie noch so blass,
Ein falbes Moos, vom Dunst des Moores nass,
Ein farblos Blümchen, flatternd auf der Heide;
Ach, einst von allem träumt' die Seele süß,
Von allem, was, ihr eigen, sie verließ,
Und mancher Seufzer gilt entfloh'nem Leide.

In alles senkt sie Blutstropfen ein,
Legt Perlen aus dem heiligtiefsten Schrein
Bewusstlos selbst in grau verhängte Stunden;
Steigt of ein unklar Sehnen dir empor,
Du schaust vielleicht wie durch Gewölkes Flur
Nach Tagen, längst vergessen, doch empfunden.

Wer, der an seine Kinderzeit gedenkt,
Als die Vokabeln ihn in Not versenkt,
Wer möcht' nicht wieder Kind sein und sich grauen?
Ja, der Gefangne, der die Wand beschrieb,
Fühlt er nach Jahren Glückes nicht den Trieb,
Die alten Sprüche einmal noch zu schauen?

Wohl gibt es Stunden, die so ganz verhasst,
Dass, dem Gedächtnis eine Zentnerlast,
Wir ihren Schatten abzuwälzen sorgen;
Doch selten schickt sie uns des Himmels Zorn,
Und meistens ist darin ein gift'ger Dorn,
Der Moderwurm geheimer Schuld verborgen.

Drum, wer noch eines Blicks nach oben wert,
Der nehme, was an Liebem ihm beschert,
Die stolze, wie die Stund' im schlichten Kleide;
Der schlürfe jeden stillen Tropfen Tau,
Und spiegelt drin sich nicht des Äthers Blau,
So lispelt drüber wohl die fromme Weide.

Freu' dich an deines Säuglings Lächeln, freu'
Dich an des Jauchzens ungewissem Schrei,
Mit dem er streckt die Lust bewegten Glieder;
Wär' zehnmal stolzer auch, was dich durchweht,
Wenn er vor dir dereinst, ein Jüngling, steht,
Dein lächelnd Kindlein gibt er dir nicht wieder.

Freu' dich des Freundes, eh' zum Greis er reift,
Erfahrung ihm die kühne Stirn gestreift,
Von seinem Scheitel Grabesblumen wehen;
Freu' dich des Greises, schau' ihm lange nach,

In kurzem gäbst vielleicht du manchen Tag,
Um einmal noch dies graue Haupt zu sehen.

O wer nur ernst und fest die Stund' ergreift,
Den Kranz ihr auch von bleichen Locken streift,
Dem spendet willig sie die reichste Beute;
Doch wir, wir Toren, drängen sie zurück,
Vor uns die Hoffnung, hinter uns das Glück,
Und unsre Morgen morden unsre Heute.

Durchwachte Nacht

Wie sank die Sonne glüh' und schwer,
Und aus versengter Welle dann
Wie wirbelte der Nebel Heer
Die sternenlose Nacht heran! –
Ich höre ferne Schritte gehen –
Die Uhr schlägt zehn.

Noch ist nicht alles Leben eingenickt,
Der Schlafgemächer letzte Türen knarren;
Vorsichtig in der Rinne Bauch gedrückt
Schlüpft noch der Iltis an des Giebels Sparren.
Die schlummertrunkne Färse murrend nickt,
Und fern im Stalle dröhnt des Rosses Scharren,
Sein müdes Schnauben, bis vom Mohn getränkt
Es schlaff die regungslose Flanke senkt.

Betäubend gleitet Fliederhauch
Durch meines Fensters offnen Spalt,
Und an der Scheibe grauem Rauch
Der Zweige wimmelnd Neigen wallt.
Matt bin ich, matt wie die Natur! –
Elf schlägt die Uhr.

O wunderliches Schlummerwachen, bist
Der zarten Nerve Fluch du oder Segen? –
's ist eine Nacht vom Taue wach geküsst,
Das Dunkel fühl ich kühl wie feinen Regen
An meine Wange gleiten, das Gerüst
Des Vorhangs scheint sich schaukelnd zu bewegen,
Und dort das Wappen an der Decke Gips
Schwimmt sachte mit dem Schlängeln des Polyps.

Wie mir das Blut im Hirne zuckt!
Am Söller geht Geknister um,
Im Pulte raschelt es und ruckt,
Als drehe sich der Schlüssel um,
Und – horch, der Seiger hat gewacht!
's ist Mitternacht.

War das ein Geisterlaut? So schwach und leicht
Wie kaum berührten Glases schwirrend Klingen,
Und wieder wie verhaltnes Weinen steigt
Ein langer Klageton aus den Syringen,
Gedämpfter, süßer nun, wie tränenfeucht
Und selig kämpft verschämter Liebe Ringen; –
O Nachtigall, das ist kein wacher Sang,
Ist nur im Traum gelöster Seele Drang.

Da kollert's nieder vom Gestein!
Des Turmes morsche Trümmer fällt,
Das Käuzlein knackt und hustet drein;
Ein jäher Windesodem schwellt
Gezweig und Kronenschmuck des Hains; –
Die Uhr schlägt eins.

Und drunten das Gewölbe rollt und klimmt;
Gleich einer Lampe aus dem Hünenmale
Hervor des Mondes Silbergondel schwimmt,
Verzitternd auf der Gasse blauem Stahle;
An jedem Fliederblatt ein Fünkchen glimmt,
Und hell gezeichnet von dem blassen Strahle
Legt auf mein Lager sich des Fensters Bild,
Vom schwanken Laubgewimmel überhüllt.

Jetzt möcht' ich schlafen, schlafen gleich,
Entschlafen unterm Mondeshauch,
Umspielt vom flüsternden Gezweig,
Im Blute Funken, Funk' im Strauch,
Und mir im Ohre Melodei; –
Die Uhr schlägt zwei.

Und immer heller wird der süße Klang,
Das liebe Lachen, es beginnt zu zeihen
Gleich Bildern von Daguerre die Deck' entlang,
Die aufwärts steigen mit des Pfeiles Fliehen;
Mir ist, als seh ich lichter Locken Hang,
Gleich Feuerwürmern seh ich Augen glühen,
Dann werden feucht sie, werden blau und lind,
Und mir zu Füßen sitzt ein schönes Kind.

Es sieht empor, so froh gespannt,
Die Seele strömend aus dem Blick;
Nun hebt es gaukelnd seine Hand,
Nun zeiht es lachend sie zurück;
Und – horch, des Hahnes erster Schrei! –
Die Uhr schlägt drei.

Wie bin ich aufgeschreckt, – o süßes Bild,
Du bist dahin, zerflossen mit dem Dunkel!
Die unerfreulich graue Dämmrung quillt,
Verloschen ist des Flieders Taugefunkel,
Verrostet steht des Mondes Silberschild,
Im Walde gleitet ängstliches Gemunkel,
Und meine Schwalbe an des Frieses Saum
Zirpt leise, leise auf im schweren Traum.

Der Tauben Schwärme kreisen scheu,
Wie trunken in des Hofes Rund,

Und wieder gellt des Hahnes Schrei,
Auf seiner Streue rückt der Hund,
Und langsam knarrt des Stalles Tür, –
Die Uhr schlägt vier.

Da flammt's im Osten auf, o Morgenglut!
Sie steigt, sie steigt, und mit dem ersten Strahle
Strömt Wald und Heide vor Gesangesflut,
Das Leben quillt aus schäumendem Pokale,
Es klirrt die Sense, flattert Falkenbrut,
Im nahen Forste schmettern Jagdsignale,
Und wie ein Gletscher sinkt der Träume Land
Zerrinnend in des Horizontes Brand.

Mondesaufgang

An des Balkones Gitter lehnte ich
Und wartete, du mildes Licht, auf dich.
Hoch über mir, gleich trübem Eiskristalle,
Zerschmolzen schwamm des Firmamentes Halle;
Der See verschimmerte mit leisem Dehnen, –
Zerflossne Perlen oder Wolkentränen?
Es rieselte, es dämmerte um mich,
Ich wartete, du mildes Licht, auf dich.

Hoch stand ich, neben mir der Linden Kamm,
Tief unter mir Gezweige, Ast und Stamm;
Im Laube summte der Phalänen Reigen,
Die Feuerfliege sah ich glimmend steigen,
Und Blüten taumelten wie halb entschlafen;
Mir war, als treibe hier ein Herz zum Hafen,
Ein Herz, das übervoll von Glück und Leid
Und Bildern seliger Vergangenheit.

Das Dunkel stieg, die Schatten drangen ein, –
Wo weilst du, weilst du denn, mein milder Schein!
Sie drangen ein wie sündige Gedanken,
Des Firmamentes Woge schien zu schwanken,
Verzittert war der Feuerfliege Funken,
Längst die Phaläne an den Grund gesunken,
Nur Bergeshäupter standen hart und nah,
Ein düstrer Richterkreis, im Düster da.

Und Zweige zischelten an meinem Fuß
Wie Warnungsflüstern oder Todesgruß;
Ein Summen stieg im weiten Wassertale
Wie Volksgemurmel vor dem Tribunale;
Mir war, als müsste etwas Rechnung geben,
Als stehe zagend ein verlornes Leben,
Als stehe ein verkümmert Herz allein,
Einsam mit seiner Schuld und seiner Pein.

Da – auf die Welle sank ein Silberflor,
Und langsam stiegst du, frommes Licht, empor;
Der Alpen finstre Stirnen strichst du leise,
Und aus den Richtern wurden sanfte Greise;
Der Wellen Zucken ward ein lächelnd Winken,
An jedem Zweige sah ich Tropfen blinken,
Und jeder Tropfen schien ein Kämmerlein,
Drin flimmerte der Heimatlampe Schein.

O Mond, du bist mir wie ein später Freund,
Der seine Jugend dem Verarmten eint,
Um seine sterbenden Erinnerungen

Des Lebens zarten Widerschein geschlungen,
Bist keine Sonne, die entzückt und blendet,
In Feuerströmen lebt, in Blute endet, –
Bist, was dem kranken Sänger sein Gedicht,
Ein fremdes, aber o ein mildes Licht.

Das ich der Mittelpunkt der Welt

Jüngst hast die Phrase scherzend du gestellt:
„Wer Reichtum, Liebe will und Glück erlangen,
Der mache sich zum Mittelpunkt der Welt,
Zum Kreise, drin sich alle Strahlen fangen."
Dein Wort, mein Freund, war wie des Tempels Tür,
Die Inschrift draußen und das Volksgedränge,
Doch durch die Spalten blinkt der Lampen Zier,
Zieh'n Opferduft und heilige Gesänge.

Wie könnte jemals wohl des Glückes Born
Aus anderm als dem eignen Herzen fließen?
Aus welcher Schale wohl des Himmels Zorn
Als aus der selbst gebotnen sich ergießen?
O glücklich sein, geliebt und glücklich sein –
Möge ein Engel mir die Pfade deuten!
Da schwillt des Tempels Vorhang, zart und rein
Hör ich's wie Echo durch die Falten gleiten:

„Standest an einem Krankenbett du je,
Nach wochenlangen selbstvergessnen Sorgen,
Hobst diene schweren Wimpern in die Höh',
Gerührt zum heißen Dankgebet am Morgen,
Und sahst um des Genesenden Gesicht
Ein neu erwachtes Seelenschimmern schweben,
Und einen Liebesblick auf dich, wie nicht
Ihn Freund und nicht geliebte können geben?

Hieltest du je den Griffel in der Hand
Und rechnetest mit frohem Geiz zusammen
Die Groschen, die du selber dir entwandt;
Schien jeder Heller dir wie Gold zu flammen
Des Schatzes für den fremden Sorgenpfühl,
Um den du deine Freuden schlau betrogen,
Und hast du deines Reichtums Vollgefühl
Tief, tief den Odem in die Brust gesogen?

Und der Moment, wo eine Rechte schwimmt
Ob teurem Haupte mit bewegtem Segen,
Wo sie das Herz vom eignen Herzen nimmt,
Um freudig an das fremde es zu legen,
Hast du ihn je erlebt und standest dann,
Die Arme still und freundlich eingeschlagen,
Selig berechnend, welche Früchte kann,
Wie liebliche, das neue Bündnis tragen?

Dann bist du glücklich, bist geliebt und reich,
Ein Fels, an dem sich alle Blitze spalten;
Dann mag dein Kranz verwelken, mögen bleich

Krankheit und Alter dir die Stirne falten:
Dann bist der Mittelpunkt du deiner Welt,
Der Kreis, aus dem die Freudenstrahlen quillen,
Und was so frisch der Bäche Ufer schwellt,
Wie sollte seinen Born es nicht erfüllen!"

Grüße

Steigt mir in diesem fremden Lande
Die allbekannte Nacht empor,
Klatscht es wie Hufesschlag vom Strande,
Rollt sich die Dämmerung hervor,
Gleich Staubeswolken mir entgegen
Von meinem lieben starken Nord,
Und fühl ich meine Locken regen
Der Luft geheimnisvolles Wort –

Dann ist es mir, als hör' ich reiten
Und klirren und entgegenzieh'n
Mein Vaterland von allen Seiten,
Und seine Küsse fühl ich glüh'n;
Dann wird des Windes leises Munkeln
Mir zu verworrnen Stimmen bald,
Und jede schwache Form im Dunkeln
Zur tief vertrautesten Gestalt.

Und meine Arme muss ich strecken,
Muss Küsse, Küsse hauchen aus,
Wie sie die Lieber könnten wecken,
Die modernden im grünen Haus;
Muss jeden Waldeswipfel grüßen,
Und jede Heid' und jeden Bach,
Und alle Tropfen, die da fließen,
Und jedes Hälmchen, das noch wach.

Du, Vaterhaus, mit deinen Türmen
Vom stillen Weiher eingewiegt,
Wo ich in meines Lebens Stürmen
So oft erlegen und gesiegt;
Ihr breiten, Laub gewölbten Hallen,
Die jung und fröhlich mich gesehn,
Wo ewig meine Seufzer wallen,
Und meines Fußes Spuren stehn.

Du feuchter Wind von meinen Heiden,
Der wie verschämte Klage weint,
Du Sonnenstrahl, der so bescheiden
Auf ihre Kräuter nieder scheint;
Ihr Gleise, die mich fort getragen,
Ihr Augen, die mir nachgeblinkt,
Ihr Herzen, die mir nachgeschlagen,
Ihr Hände, die mir nachgewinkt.

Und Grüße, Grüße, Dach, wo nimmer
Die treuste Seele mein vergisst,
Und jetzt bei ihres Lämpchens Schimmer

Für mich den Abendsegen liest,
Wo bei des Hahnes erstem Krähen
Sie matt die graue Wimper streicht,
Und einmal noch vor Schlafengehen
An mein verlassnes Lager schleicht.

Ich möcht euch alle an mich schließen,
Ich fühl euch alle um mich her;
Ich möchte mich in euch ergießen,
Gleich siechem Bache in das Meer.
O wüsstet ihr, wie krank gerötet,
Wie fieberhaft ein Äther brennt,
Wo keine Seele für uns betet
Und keiner unsre Toten kennt!

Doppelgänger

’s war eine Nacht, vom Taue wachgeküsst,
Das Dunkel fühlt’ ich kühl wie zarten Regen
An meine Wange gleiten. Das Gerüst
Des Vorhangs schien sich schaukelnd zu bewegen,
’s war ein Nacht, wo man am Morgen denkt:
Ward Dasein jetzt dir, oder dort geschenkt?

Mir war so wohl und federleicht zu Mut,
So schwimmend nun die Wimper halb geschlossen;
Verlorne Funken zuckten durch mein Blut,
Von fernen Lauten wähnt’ ich mich umflossen;
’s war eine Nacht, wo man am Morgen fragt:
Hat’s damals, oder hat es jetzt getagt?

Und immer heller ward der süße Klang,
Das liebe Lachen, es begann zu schwimmen
Wie Bilder von Daguerre die Deck’ entlang,
Gleich Feuerwürmern sah ich Augen glimmen,
Dann wurden feucht sie, blau und lind,
Und mir zu Füßen saß ein schönes Kind.

Das sah zu mir empor, so ernst gespannt,
Als quelle ihm die Seele aus den Blicken,
Bald schloss es, schmerzlich zuckend, seine Hand,
Bald schüttelt es sie funkelnd vor Entzücken,
Und horchend klomm es sacht heran
Zu meiner Schulter – und wo blieb es dann?

O wären’s Geisterstimmen aus der Luft,
Die sich wie Vogelzwitschern um mich reihten!
Wär Grabesbrodem nur der leise Duft,
Der mich umseufzte aus verschollnen Zeiten!
Doch nur mein Herz ist eure stille Gruft,
Und meine Heil’gen, meine einst Geweihten,
Sie leben alle, wandeln allzumal –
Vielleicht zum Segen sich, doch mir zur Qual.

Im Grase

Süße Ruh, süßer Taumel im Gras,
Von des Krautes Arom umhaucht,
Tiefe Flut, tief, tieftrunkne Flut,
Wenn die Wolk' am Azure verraucht,
Wenn aufs müde, schwimmende Haupt
Süßes Lachen gaukelt herab,
Liebe Stimme säuselt und träuft
Wie die Lindenblüt' auf ein Grab.

Wenn im Busen die Toten dann,
Jede Leiche sich streckt und regt,
Leise, leise den Odem zieht,
Die geschlossne Wimper bewegt,
Tote Lieb', tote Lust, tote Zeit,
All' die Schätze, im Schutt verwühlt,
Sich berühren mit schüchternem Klang
Gleich den Glöckchen, vom Winde umspielt.

Stunden, flüchtiger ihr als der Kuss
Eines Strahls auf den trauernden See,
Als des ziehenden Vogels Lied,
Das mir niederperlt aus der Höh',
Als des schillernden Käfers Blitz,
Wenn den Sonnenpfad er durcheilt,
Als der flücht'ge Druck einer Hand,
Die zum letzten Male verweilt.

Dennoch, Himmel, immer mir nur,
Dieses eine nur: Für das Lied
Jedes freien Vogels im Blau
Eine Seele, die mit ihm zieht,
Nur für jeden kärglichen Strahl
Meinen farbig schillernden Saum,
Jeder warmen Hand meinen Druck,
Und für jedes Glück einen Traum.

Spätes Erwachen

Wie war mein Dasein abgeschlossen,
Als ich im grün umhegten Haus,
Durch Lerchenschlag und Fichtensprossen
Noch träumt' in den Azur hinaus!

Als keinen Blick ich noch erkannte
Als den des Strahles durchs Gezweig,
Die Felsen meine Brüder nannte,
Schwester mein Spiegelbild im Teich!

Nicht rede ich von jenen Jahren,
Die dämmernd uns die Kindheit beut, –
Nein, so verdämmert und zerfahren
War meine ganze Jugendzeit!

Wohl sah ich freundliche Gestalten
Am Horizont vorüber fliehn;
Ich konnte heiße Hände halten
Und heiße Lippen an mich ziehn.

Ich hörte ihres Grußes Pochen,
Ihr leises Wispern um mein haus,
Und sandte schwimmend, halb gebrochen,
Nur einen Seufzer halb hinaus.

Ich fühlte ihres Hauches Fächeln,
Und war doch keine Blume süß;
Ich sah der Liebe Engel lächeln,
Und hatte doch kein Paradies.

Mir war, als habe in den Noten
Sich jeder Ton an mich verwirrt,
Sich jede Hand, die mir geboten,
Im Dunkel wunderlich verirrt.

Verschlossen blieb ich, eingeschlossen
In meiner Träume Zauberturm,
Die Blitze waren mir Genossen
Und Liebesstimme mir der Sturm.

Dem Wald ließ ich ein Lied erschallen
Wie nie vor einem Menschenohr,
Und meine Träne ließ ich fallen,
Die heiße, in den Blumenflor.

Und alle Pfade musst ich fragen:
Kennt Vögel ihr und Strahlen auch?

Doch keinen: Wohin magst du tragen,
Von welchem Odem schwillt dein Hauch?

Wie ist das anders nun geworden,
Seit ich ins Auge dir geblickt;
Wie ist nun jeder Welle Borden
Ein Menschenbildnis eingedrückt!

Wie fühl ich allen warmen Händen
Nun ihre leisen Pulse nach,
Und jedem Blick sein scheues Wenden
Und jeder schweren Brust ihr Ach!

Und alle Pfade möcht ich fragen:
Wo zeiht ihr hin, wo ich das Haus,
In dem lebend'ge Herzen schlagen,
Lebend'ger Odem schwillt hinaus?

Entzünden möcht ich alle Kerzen
Und rufen jedem müden Sein:
Auf ist mein Paradies im Herzen,
Zieht alle, alle nun hinein!

Der Dichter

Ihr, die beim frohen Mahle lacht,
Euch eure Blumen zieht in Scherben,
Und was an Gut euch zugedacht,
Euch wohlbehaglich lasst vererben,
Ihr starrt dem Dichter ins Gesicht,
Verwundert, dass er Rosen bricht
Von Disteln, aus dem Quell der Augen
Korall' und Perle weiß zu saugen;

Dass er den Blitz herniederlangt,
Um seine Lampe zu entzünden,
Im Wettertoben, wenn euch bangt,
Den rechten Odem weiß zu finden;
Ihr starrt ihn an mit halbem Neid,
Den Geistes-Krösus seiner Zeit,
Und wisst es nicht, mit welchen Qualen
Er seine Schätze muss bezahlen.

Wisst nicht, dass ihn, Verdammten gleich,
Nur reines Feuer kann ernähren,
Nur der durchstürmten Wolke Reich
Den Lebensodem kann gewähren;
Dass, wo das Haupt ihm sinnend hängt,
Sich blutig ihm die Träne drängt,
Nur in des schärfsten Dornes Spalten
Sich seine Blume kann entfalten.

Meint ihr, das Wetter zünde nicht?
Meint ihr, der Sturm erschüttre nicht?
Meint ihr, die Träne brenne nicht?
Meint ihr, die Dornen stechen nicht?
Ja, eine Lamp' hat er entfacht,
Die nur das Mark ihm sieden macht;
Ja, Perlen fischt er und Juwele,
Die kosten nichts – als seine Seele.

An …

Auf hohem Felsen lieg' ich hier,
Der Krankheit Nebel über mir,
Und unter mir der tiefe See
Mit seiner nächt'gen Klage Weh,
Mit seinem Jubel, seiner Lust,
Wenn bunt geschmückte Wimpel fliegen,
Mit seinem Dräu'n aus hohler Brust,
Wenn Sturm und Welle sich bekriegen.

Mir ist er gar ein trauter Freund,
Der mit mir lächelt, mit mir weint;
Ist, wenn er grünlich golden ruht,
Mir ein sanfte Zauberflut,
Aus deren tiefem, klarem Grund
Gestalten meines Lebens steigen,
Geliebte Augen, süßer Mund
Sich lächelnd tröstend zu mir neigen.

Wie hab ich schon so manche Nacht
Des Mondes Widerschein bewacht!
Die klare Bahn auf dunklem Grün,
Wo meiner Toten Schatten ziehn;
Wie manchen Tag den lichten Hang,
Bewegt von hüpfend leichten Schritten,
Auf dem mit leisem Geistergang
Meiner Lebend'gen Bilder glitten.

Und als dein Bild vorüber schwand,
Da streckte ich nach dir die Hand,
Und meiner Seele ward es weh,
Dass dir verborgen ihre Näh';
So nimm denn meine Lieder nun
Als liebesrote Flammenzungen,
Lass sie in deinem Busen ruhn
Und denk, ich hab sie dir gesungen.

An Elise

Das war gewiss ein andrer März,
Ein Mond, den Blütenkränz' umhegten,
Als Engel dich, geliebtes Herz,
In deine erste Wiege legten;
Das war gewiss ein Tag so frei,
So frisch vom Sonnenstrahl umglommen!
Doch auch im Wintermantel sei
Er, wie der schönste, mir willkommen.

Mir ward ein schlimm'rer Mond zu Teil,
Um den kein Vogel je gesungen,
Nur Eiseszapfen blank und steil
Das kalte Diadem geschlungen;
Ach anders wirken Schnee und Eis,
Und anders wohl der Sonnen Güte!
Ich steh, ein düstres Tannenreis,
Du eine zarte Veilchenblüte.

Doch fest zusammen, fest im Raum,
Gehalten in des Winters Stürmen,
Du schmücke mich zum Weihnachtsbaum,
Und ich will deine Blüte schirmen;
Dann muss uns willig oder nicht
Das Leben reiche Gaben zählen,
Und niemals wird das Himmelslicht,
Der Poesie Beleuchtung fehlen.

Lebt Wohl

An Levin Schücking

Lebt wohl, es kann nicht anders sein!
Spannt flatternd eure Segel aus,
Lasst mich in meinem Schloss allein,
Im öden, geisterhaften Haus.

Lebt wohl und nehmt mein Herz mit euch
Und meinen letzten Sonnenstrahl;
Er scheide, scheide nur sogleich,
Denn scheiden muss er doch einmal.

Lasst mich an meines Sees Bord,
Mich schaukelnd mit der Wellen Strich,
Allein mit meinem Zauberwort,
Dem Alpengeist und meinem Ich.

Verlassen, aber einsam nicht,
Erschüttert, aber nicht zerdrückt,
Solange noch das heil'ge Licht
Auf mich mit Liebesaugen blickt,

Solange mir der frische Wald
Aus jedem Blatt Gesänge rauscht,
Aus jeder Klippe, jedem Spalt
Befreundet mir der Elfe lauscht,

Solange noch der Arm sich frei
Und waltend mir zum Äther streckt
Und jedes wilden Geiers Schrei
In mir die wilde Muse weckt.

Letzte Worte

Geliebte, wenn mein Geist geschieden,
So weint mir keine Träne nach,
Denn wo ich weile, dort ist Frieden,
Dort leuchtet mir ein ew'ger Tag!

Wo aller Erdengram verschwunden,
Soll Euer Bild mir nicht vergehn,
Und Linderung für eure Wunden,
Für euren schmerz will ich erflehn.

Weht nächtlich seine Seraphsflügel
Der Friede übers Weltenreich,
So denkt nicht mehr an meinen Hügel,
Denn von den Sternen grüß ich euch!

Geistliche Lieder

Gethsemane

Als Christus lag im Hain Gethsemane,
Auf seinem Antlitz mit geschlossnen Augen,
Die Lüfte schienen Seufzer nur zu saugen,
Und eine Quelle murmelte ihr Weh,
Des Mondes blasse Scheibe wider scheinend,
Da war die Stunde, wo ein Engel weinend
Von Gottes Throne ward herab gesandt,
Den bittren Leidenskelch in seiner Hand.

Und vor dem Heiland stieg das Kreuz empor;
Daran sah seinen eignen Leib er hangen,
Zerrissen, ausgespannt; die Stricke drangen
Die Sehnen an den Gliedern ihm hervor.
Die Nägel sah er ragen und die Krone
Auf seinem Haupte, wo an jedem Dorn
Ein Blutestropfen hing, und wie im Zorn
Murrte der Donner mit verhaltnem Tone,
Ein Tröpfeln hört er, und am Stamme leis
Herniederglitt ein Wimmern qualverloren.
Da seufzte Christus, und aus allen Poren
Drang ihm der Schweiß.

Und dunkler ward die Nacht, im grauen Meer
Schwamm eine tote Sonne, kaum zu schauen
War noch des qualbewegten Hauptes Grauen,
Im Todeskampfe schwankend hin und her.
Am Kreuzesfuße lagen drei Gestalten;
Er sah sie grau wie Nebelwolken liegen,
Er hörte ihres schweren Odems Fliegen,
Vor Zittern rauschten ihrer Kleider Falten.
O welch ein Lieben war wie seines heiß?
Er kannte sie, er hat sie wohl erkannt;
Das Menschenblut in seinen Adern stand,
Und stärker quoll der Schweiß.

Die Sonnenleiche schwand, nur schwarzer Rauch,
In ihm versunken Kreuz und Seufzerhauch;
Ein Schweigen, grauser als des Donners Toben,
Schwamm durch des Äthers sternenleere Gassen;
Kein Lebenshauch auf weiter Erde mehr,
Ringsum ein Krater, ausgebrannt und leer,
Und eine hohle Stimme rief von oben:
„Mein Gott, mein Gott, wie hast du mich verlassen!"
Da fassten den Erlöser Todeswehn,
Da weinte Christus mit gebrochnem Munde:

„Herr, ist es möglich, so lass diese Stunde
An mir vorübergehn!"

Ein Blitz durchfuhr die Nacht; im Lichte schwamm
Das Kreuz, o strahlend mit den Marterzeichen,
Und Millionen Hände sah er reichen,
Sich angstvoll klammernd um den blut'gen Stamm,
O Händ' und Händchen aus den fernsten Zonen!
Und um die Krone schwebten Millionen
Noch ungeborner Seelen, Funken gleichend;
Ein leiser Nebelrauch, dem Grund entschleichend,
Stieg aus den Gräbern der Verstorbnen Flehn.
Da hob sich Christus in der Liebe Fülle,
Und: „Vater, Vater!", rief er, „nicht mein Wille,
Der deine mag geschehn!"

Still schwamm der Mond im Blau, ein Lilienstengel.
Stand vor dem Heiland im betauten Grün;
Und aus dem Lilienkelche trat der Engel
Und stärkte ihn.

Am letzten Tage des Jahres

Das Jahr geht um,
Der Faden rollt sich sausend ab,
Ein Stündchen noch, das letzte heut,
Und stäubend rieselt in sein Gab,
Was einstens war lebendge Zeit.
Ich harre stumm.

's ist tiefe Nacht!
Ob wohl ein Auge offen noch?
In diesen Mauern rüttelt dein
Verrinnen, Zeit! Mir schaudert doch.
Es will die letzte Stunde sein
Einsam durchwacht.

Geschehen all,
Was ich begangen und gedacht,
Was mir aus Haupt und Herzen stieg;
Das steht nun, eine ernste Wacht,
Am Himmelstor. O halber Sieg!
O schwerer Fall!

Wie reißt der Wind
Am Fensterkreuze! Ja, es will
Auf Sturmesfittichen das Jahr
Zerstäuben, nicht ein Schatten still
Verhauchen unterm Sternenklar …
Du Sündenkind,

War nicht ein hohl
Und heimlich Sausen jeden Tag
In deiner wüsten Brust Verlies,
Wo langsam Stein an Stein zerbrach,
Wenn es den kalten Odem stieß
Vom starren Pol?

Mein Lämpchen will
Verlöschen, und begierig saugt
Der Docht den letzten Tropfen Öl.
Ist so mein Leben auch verraucht?
Eröffnet sich des Grabes Höhl'
Mir schwarz und still?

Wohl in dem Kreis,
Den dieses Jahres Lauf umzieht,
Mein Leben bricht. Ich wusst' es lang,
Und dennoch hat dies Herz geglüht
In eitler Leidenschaften Drang.
Mir bricht der Schweiß

Der tiefsten Angst
Auf Stirn und Hand. Wie? Dämmert feucht
Ein Stern dort durch die Wolken nicht?
Wär es der Liebe Stern vielleicht,
Dir zürnend mit dem trüben Licht,
Dass du so bangst?

Horch, welch Gesumm?
Und wieder? Sterbemelodie!
Die Glocke regt den ehrnen Mund.
O Herr, ich falle auf das Knie;
Sei gnädig meiner letzten Stund!
Das Jahr ist um!